三民叢刊 258

# 私閱讀

蘇偉貞 著

三民書局印行

# 字的重量

我感覺到握筆的指端，每個字的重量。

——維吉尼亞・吳爾芙

蘇偉貞

一九九三年五月二十日我開始主編《聯合報・讀書人》周報，老實說，我多少以為這條路和原來的路並沒多少差別，也就打算外馳內張地舉重若輕。當然對編輯版面的基本認知還是有的，不同於〈聯合副刊〉創作走向，〈讀書人〉版性是被定位在「出版資訊」。誠如顯示的「周報」字面，〈讀書人〉一周見報一次，不久便從一整版擴張成為兩個彩色全版，從此，我識別日子的習慣從「今天幾號？」變成「今天星期幾？」另外的現實發生是，我成為趕出刊日子的人，因此迫於時效，便難免「我自己來」（相信我，那絕對不是源於什麼快樂的創作欲)。不知不覺，十年過去了，那不是短時間，但在資訊長河裡卻往往看不出太大變化，甚至還不到作結論的長度。雖然從某個角度來說，人們並沒有那麼大的耐性。

三民有出版讀書札記的構想，湊興韓秀和袁瓊瓊要出書，她們兩位，我是親眼目睹多年「好讀」成性，寫下不少閱讀主題文章。而我，十年「伴讀」，多少有些「副產品」，因為跟著出版資訊走，要一奉一，當然談不上什麼寫作個性，現在拿了出來，收在這本書裡的篇章，說是「私閱讀」其實更接近廢話，很多事別人可以代勞，閱讀除了靠自己、反應自己，還有什麼別的方法和說法？

另外一個「靠自己」的副產品是，這段時間，我每次在外用餐照例拿本書邊吃邊看下飯，書上的字越來越模糊，我終於明白什麼事發生了，我從擁有傲人的視力急轉直下變成什麼都看不見的老花眼族。沮喪的是，是在那麼不對的時間不對的事情裡，讓我體會何謂老化的進程，以前不經意看到書上寫「髮蒼蒼視茫茫齒牙動矣」，而今都到眼前來。

這過程更清楚的是，每天每周每月大量的新書不斷被送到被移開於是產生越位，我的身體逐日埋在書堆中愈深，以前每愛追求「坐擁書城」，如今才知還有別的。譬如，翻閱新書的速度及重點，若與編輯有關，老實說那真是趣味頓失，不止於此，我變成自己最討厭動不動就幫這些書分門別類，還老愛直接反應——「誰合適寫書評、究竟會不會賣、代表了何種趨勢……？」那種人；滿腦門「資訊」，不僅僅塗改了我的閱讀觀、閱讀趣味，更糟糕的是，處於大量「資訊焦慮」的結果，我開始從一位總少一件衣服、一雙鞋子、一個房間……變成總怕少一本書的現實派，即使那本書可能毫無閱讀價值卻充滿議題性。是的，編這個版的過程就是不斷調整、適應、解決日趨焦慮的心理以及每況愈下的視力，這對「像我這樣的一位作家」來說，我不是沒有自覺，有段日子，我最常掛在嘴邊的話是：「天亡我也！」

天未亡我，祂給出了一些隱喻與意義或者所謂的趣味。譬如，為了反應資訊時代女性變遷中的焦慮，一九九四年三月三日，有篇鄭至慧的文章〈女性閱讀在臺灣〉配了西方女性主義先行者、英國小說家維吉尼亞・吳爾芙書桌的照片，書桌放置在寫作的「僧屋」院落。注視那張倡導女性談自主權必須擁有一間「自己的房間」作家的書桌，且作為吳爾芙的「普通的讀者」，我感覺那張書桌似乎遠遠超越她文章帶給我的快樂，是的，閱讀或創作滿足了求知的心靈，但是平凡如你我，一張書桌讓我們看見安穩靜好的真實生活。

我深信，那張書桌隱隱然改變了很多人的命運以及一個時代的文學，包括以吳爾芙為班底的讀書會「布魯姆斯伯里團體」和吳爾芙夫婦創辦的霍加斯出版社，甚至她自己以及我。我多麼願意自擬我與韓秀與袁瓊瓊之間關係。我更想說的是，在身不由己的職場，在無聊的生活流程，在夢裡，在老花眼侵襲事件中，我願意付出最大代價讓我能坐進那張書桌或任何一張書桌前，我願意向那張鄰近樹叢、站立樸拙磚地、面向草坪午後陽光、通往小徑的書桌，象徵無拘無束的閱讀歲月致敬。

而我或許才能有一些釋懷，為什麼，我會寫下你所看到的、無關創作的這些稱不上個性的閱讀心得，卻仍然是吳爾芙的話來解，因為畢竟是「我感覺到握筆的指端，每個字的重量。」姑且稱之「私閱讀」。

十年後，能把這些雜蕪的篇章整理得還像有個系統，我最要感謝三民書局的編輯。是他們建議文章以時間排序，清清楚楚我的出版編輯歲月。

最後我想說的是，這本書在某種程度上，是一本銘刻我和韓秀、袁瓊瓊在同一間空中「我們一起閱讀過」的證明。那是這本書最好的部分。

# 私閱讀

目次

## 2 私閱讀

# 3 目次

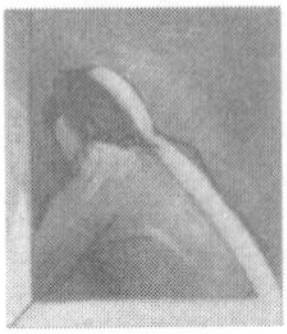

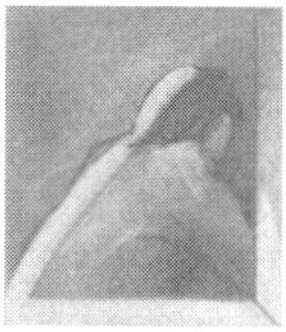

1 溫州街十八巷

# 溫州街十八巷

## ——淡寫臺靜農先生

臺先生將要搬離自民國卅五年來臺後就住進的溫州街日式宿舍，結束與這所房子四十三年的緣。溫州街十八巷內，臺先生居家庭院扶桑花樹栽成的短牆邊停放著頭尾相連的車隊，各國廠牌都有，與蚪綠的樹牆排比而去，彷彿來的時間和去的時間在這裡相遇。

才早上十點，微涼的天氣攜清和的天色在巷口徘徊叩窗；已然有喝酒的心情，臺先生是有酒名的，但是臺先生這些年實則是不在早上喝酒，中午也不喝了。但是臺先生抽菸，講究菸，不講究打火機。前一陣子，眼睛不好，菸酒都戒了，實在覺得無趣，請教醫生，醫生說：「您這年紀也不必戒這戒那，少量即可。」臺先生這才又喝起酒並且抽菸。臺先生的書桌上除了書、紙、筆，另外就是幾包不同品牌的菸。是臺先生全部生活了。

許多人一定關心臺先生近況，請問最近都讀什麼書？臺先生淡然說道：「我天性不耐繁瑣，也沒什麼恆心，抓到什麼就讀什麼，想到看什麼也看什麼。不教書以後，看書更沒重點了，也不去記內容，看過就行。」如今，臺先生是一副眼鏡，一把放大鏡在手，右眼開過刀後看得見了，左眼的白內障尚未成熟，臺先生豁達一笑：「湊和著用夠了。」一雙手平放在桌面骨瘦而秀柔，完全書生手相，抽了幾十年的菸，竟沒在手指留下薰燎痕跡，薰黃了恐怕也不在乎。

菸抽到一半，臺先生鋪紙寫字——不養生而壽，處濁世亦僊。墨痕燦爛，是明朝倪鴻寶的體，而筆意尤為出神。

這樣的生活對其他老者也許很難，對臺先生是依情適性，他早上七、八點起床，晚上總是喝兩、三小杯酒，平生不喜運動，最常活動的地方是書房，可以說是一位最沒有活動量的長壽者。也許是蘊含其間年歲日久，書房內所有器物都有著臺先生的生活光澤及秩序。暗褐色的書桌前方置有一張靠背椅，來者訪客，坐下去，可以心身從容的開始和臺先生交談。這一刻可以想像自然光由書桌左手邊漫進書房，經過窗外的庭院，光線濾得柔和，窗臺上是一些小擺飾，牆上是臺先生先師沈尹默的字，及董作賓的甲骨文體條幅，都不華麗，都慢慢有了臺先生的味道。

譬如書案上一方紙鎮，也許是水晶，已染蒼黃；一指粗細的樹頭僅浮雕了一張老翁的臉，留下大多原始樹貌；友人自山中撿來了一根枯枝，隱隱散出檀香味，臺先生配了個長形原木座子，沒有造型的造型，還有大千先生陶塑，進入臺先生的書房後都靜了下來。臺先生說：「古人謂三不朽，我這兒都是朽。」

十八巷的老友呢？臺先生一聲喟歎：「老朋友一個個走了，有的在生時還受病的折磨，那最慘。」

對門曾經住過考古學家李濟先生，隔壁更住過一位名人——彭明敏。那段時間總有人站崗。臺先生指院外方向：「就站在我窗下。」他在那樣的眼視下讀書、寫字，不受絲毫影響。

今年中秋節前臺先生莫名昏倒在家，至今不知道原因，醒來以後居然不記得曾經昏倒過，臺先生說：「不知道究竟什麼原因，這次昏倒是從沒有的經驗。」臺先生生於一九〇二年，今年八十八歲了。

去看他的那天，下午臺先生要再赴醫院檢查，他說：「否則幾乎不出門了。」又興味說道：「等那邊房子整理好我就要搬過去了，也還是臺大的房子。他們表示等我這間舊地拆了重建好新房子可以再搬回來。」臺先生毫不避諱：「我都這年紀了，還能搬第二次家嗎？」

臺先生在《龍坡雜文》中的人物記事，不僅記錄了當年交往友朋，也記下了一個時代，而今天，多數已不可再得。

提起那些篇章，臺先生不假思索說道：「我是要寫，最近想寫幾篇懷念人物的文章。」對於喜愛臺先生文章者而言，這是再好沒有的消息。

時近正午，我起身告辭，臺先生突然問道：「看過洪炎秋的文章沒有？去找來看看。」他說：「是好散文，寫來有周作人風。」

這樣一位狷介儒者，坐在一室清風習習略現舊顏色的屋子裡，不知為什麼，那樣妥貼，是的，時間並沒有過去，它們向臺先生靠攏了來。

走在溫州街十八巷陽光耀眼，和臺先生書房的氣氛竟不相同。臺先生早年教書，講授中國古典文學，創作生涯更始於二〇年代，臺先生已安然度過八十七個年頭，如今說來，我們對他的了解並不如以往多。這種種，於一位煦煦長者，進入喜靜之境後，未嘗

104

臺北市復興北路三八六號

三民書局股份有限公司收

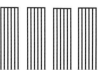

廣告回信

台灣北區郵政管理局登記證

北台字第10380號

（免貼郵資）

姓名：　　　性別：□男　□女

出生年月日：西元　　年　　月　　日

地址：

電話：（宅）　　　（公）

E-mail：

# 知識使你更有活力・閱讀使妳更有魅力

## 三民書局／東大圖書讀者回函卡

感謝您購買本公司出版之書籍，請您填寫此張回函後，以傳真或郵寄回覆，本公司將不定期寄贈各項新書資訊，謝謝！

職業：＿＿＿＿＿＿＿＿ 教育程度：＿＿＿＿＿＿＿＿

購買書名：

購買地點：□書店：＿＿＿＿＿＿ □網路書店：＿＿＿＿＿＿

□郵購（劃撥、傳真） □其他：＿＿＿＿＿＿

您從何處得知本書？□書店 □報章雜誌 □網路

□廣播電視 □親友介紹 □其他

您對本書的評價：

| | 極佳 | 佳 | 普通 | 差 | 極差 |
|---|---|---|---|---|---|
| 封面設計 | □ | □ | □ | □ | □ |
| 版面安排 | □ | □ | □ | □ | □ |
| 文章內容 | □ | □ | □ | □ | □ |
| 印刷品質 | □ | □ | □ | □ | □ |
| 價格訂定 | □ | □ | □ | □ | □ |

您的閱讀喜好：□法政外交 □商管財經 □哲學宗教

□電腦理工 □文學語文 □社會心理

□休閒娛樂 □傳播藝術 □史地傳記

□其他

有話要說：＿＿＿＿＿＿＿＿＿＿＿＿＿＿＿＿

（若有缺頁、破損、裝訂錯誤，請寄回更換）

不是件好事。比較起來，在這樣一個時代，我們還能擁有一位如此風骨的文人，終究是這個時代的幸運。

臺先生在一篇文章中曾寫：當今之世，人要活下去，也是不容易的，能有點文學藝術的修養，才能活得從容些。

走進溫州街十八巷，臺先生沒有問起所來何為，離開的時候，我也就沒有說明。

（民78年10月31日〈聯合副刊〉）

**後記**：我那時並不知道一年後，民國七十九年十一月九日，臺先生將在睡眠中逝於臺大醫院，離開龍坡里溫州街——他來臺後就居住的小巷。

# 走進高陽書房

書房的主人住院去了。書桌上攤著赴醫院前正在寫的稿子——酒徒新識。

書桌邊緣站著一瓶J&B蘇格蘭威士忌，飲去三分之一，這是高陽在書房最愛喝的酒。靠近坐椅前的書有《清史稿》第二冊、《大漢和辭典》及《大清宣宗成（道光）皇帝實錄》、《清詩三百首》；高陽正著手寫〈聯副〉連載《蘇州格格》第二部「風雨江山」，因此清史為目前桌面最上層的書。連床頭都放著《清朝野史大觀》。

書桌較遠一角有兩本食譜：《美食世界》、《飲食月刊》。今年四月十七日農曆三月十五日，高陽七十整壽，自擬一份菜單交代餐館——醋鮭魚、鮑魚生菜、濃湯啤酒腸、冬筍豆腐五花肉、香菇麵筋、清燉牛腩、拌粉絲，特別強調「粉絲不宜爛，務須調油，色亮且不黏也」。去年元月，高陽肺疾住進榮總三個月無法進食，為了解饞、加強求生意志，他不斷要求拿大量食譜給他看。

小說家現在用的這張書桌三尺寬六尺長，原先是餐桌，日子久了，便堆成了一張書桌，比照另一張書桌，筆墨硯臺紙及自刻的印章自成一組，他不准人動他桌面東西，目前，桌面唯一沒有在上頭堆疊東西的是供日版用的《慈禧全傳》書稿，日本朝日出版社正進行將高陽的《慈禧全傳》節選本翻譯出版，中文部分已進入校勘階段。

這麼凌亂的書桌，卻寫出七十二種九十一冊理路分明的書；這麼雜的閱讀，卻有如此精純的文字考據。神祕的桌上秩序仍在等待主人回來解碼。有人曾說，高陽是我們這個時代最後一位舊式文人了。

（民81年6月4日《聯合報・讀書人》）

# 記高陽最後半月

五月十八日週一是高陽先生固定回榮總追蹤檢查的日子，下雨天氣。他大早出門，站在路旁半天叫不到車，他折回家——不去了。十九日下午他開始有點咳嗽，便要人打電話預約二十日週三看病，當天已經掛滿了，他的主治大夫到週五才有門診，但是週五二十二日也掛滿了，於是須延掛到二十五日下週一。

二十日下午他咳出的痰顏色已不太對，二十一日他原計畫寫信回杭州老家給三哥，因體力不佳而作罷，晚上，他喝了一點冰啤酒，精神雖好一點，仍咳嗽。二十二日中午約了前香港邵氏導演李翰祥太太張翠英在福華飯店吃飯，在座還有另一導演宋存壽，用餐中，進了點熱湯，另外喝了啤酒及威士忌便返家，下午五點，他被發現倒在房間過道上，流鼻血且喘氣，他要求扶他起來到座椅上靜一靜，他說作了一個夢，好恐怖，夢見親密的人離他而去。略略休息後，才回過神，至於為什麼會臥倒在地，他完全失去記憶。

二十三日週六早上，他說中午想吃醬肉燒餅，精神尚佳，但是下午開始發喘，並且拒絕送急診。第二天是星期日，醫院休診，他堅持可以等到下週一二十五日，中午以後他開始大喘氣，而且使用氧氣，那天下雨。二十五日週一早上，身體又趨於穩定，出門赴醫院前，他要求喝一小杯Ｊ＆Ｂ蘇格蘭威士忌，然後如常地出門，沒有做住院的準備。當天在榮總，主治大夫診斷後，他突然提出住院檢查的要求，主治大夫當下同意，過中午在一樓辦妥住院手續，他重回十四樓胸腔內科病房。

這個病房他八十年一月十七日住進，三月二十七日出院，出院時，因肺結核及其他器官病變，他的肺只有百分之三十的功能，所以他經常會因缺氧而喘氣。再回去，他是自己走進去的，且與相識的醫護人員打招呼，安定下來後，他忽然說要寫三個朋友名字，讓人通知他們到醫院——張德霖、劉國瑞、蘇偉貞，似有意交代事情，但是臨時找不到紙，便寫在一瓶剛買來的雞精包裝紙內頁，另外注明他需要的日常用品，包括稿紙、金絲膏、《大漢和辭典》、限時信封、汗背心……；下午，病情轉下，呼吸困難、高燒，醫護站立刻急救，醫生交代給他戴上呼吸器，他拒絕，因為戴上呼吸器後無法說話，且呼吸道會極不舒服，但是身體的狀況容不得他作主，插上呼吸器後，他的反應這時又稍穩定了。

第二天，二十六號，早上情況又比昨天好一點，下午五點，再度開始發病，且陷入昏迷，醫生診斷為暫時性心臟衰竭，依檢驗報告顯示，上次住院，病情癥結在肺結核，而這次，除了舊疾，還加上腎臟衰竭、酒精性肝衰竭、疑似敗血症，各器官非常衰弱，簡直無法下藥。

二十七日早上，他又會認人了，與他交談，也能點頭、搖頭表示意思，但仍高燒不退，燒至三十九・六度，下午，轉加護病房。二十八日，高燒漸退，體溫正常，在床邊呼叫他，毫無反應。二十九日，有輕微反應，但腎功能非常差，每日排尿不及十CC，雙腿敗血症病象更明顯，有血絲及血塊whereas聚集皮下組織，已經檢驗確定是敗血症，雙手亦因腎功能差而積水、浮腫，醫生考慮三十日給予洗腎，但病人血小板不足，且血壓太低，這些都會使洗腎工作變得危險，此時躺在床上的高陽，不肯闔眼休息，一直睜著眼，為了怕他眼睛受傷，必須不時給他點眼藥水。大聲呼喚他，他偶然會皺眉，但醫生說這是身體自然反射，高陽並沒有意識，為無意識狀態，但是用棉花棒給他嘴唇沾些水，他又似因極渴以唇摩擦棉花棒，其他，毫無反應，除了不肯閉上的雙眼似乎透露什麼，但是醫生說，連這點都不算一種意識的反應。

三十日，洗腎還算成功，雙手水腫稍退，然而仍不排尿，且有腹水現象。三十一日，是高陽陷入昏迷的第六天，除了不肯闔上的雙眼，只有病房內的各種替代他身體器官功能的儀器，一切都似乎陷了一種重複的靜止狀態，不再有任何變化。高陽的女兒許議今在高陽長期昏迷後，寫了一篇呼喚父親醒來的文章。她請了長假，每天等在加護病房外。然後進入了一個新的月份，六月一日週一，醫生認為他的肺功能似稍微轉好。雙手顯示了積水訊號，有抽搐現象，常皺眉且張嘴如哈欠狀。

六月二日週二，醫生表示只能以治標治病，也就是說他發燒就設法降溫、體內積水就洗腎、肝功能不好就對肝下藥、體內失血就輸血，完全無法由治本來作，同時發現他血壓下降，因此考慮這一天將洗腎機拔掉。六月三日，情況沒有變化，雙腳仍不時抽搐，胃出血、血壓往下降。六月五日，端午節，低血壓一度掉到四十汞柱，為了維持血壓，加強提高血壓藥的劑量，副作用是心跳偏高，最高記錄每分鐘跳至一百六十下。下午三點半左右高陽再度洗腎。醫生決定不再加強升血壓藥的劑量，醫生仍在盡力挽救他的生命。

六月六日清晨六時，高陽忽然嘴角流血，因為抽痰的插管會碰到呼吸器官內膜，加上敗血症容易出血，血往胃流出，釁集在皮下，從嘴角流出，在這之前，血壓、脈搏都正常。

高陽在臺灣除了女兒，並無其他親人，女兒許議今尚未成年，平常生活由其母親監護，這次病發進加護病房後，女兒便請了假守在家屬休息室，每天依規定探病時間進入病房三次看父親，中午以後，高陽的血壓一直往下掉，下午三點，加護病房再找主治大夫來，病房開始急救，血壓仍繼續往下掉，掉到四十汞柱，吊了一瓶加壓的藥後血壓上升，但五分鐘後又下降，這時，只有高陽的前妻在，女兒許議今從五月二十九日守候，但是今天要代表學校參加英語演講比賽，無論如何不能缺席，暫時離開病房，離開時母親交代她一個呼叫器以便隨時呼叫她。三點四十分，高陽的血壓怎麼也升不上了，由肺部發出的大聲喘息聲音停止了，閉上眼睛，面容安詳。心臟停止跳動，從五月二十五日到六月六日共十三天。加護病房呼叫許議今，許議今打電話回病房，她的母親告訴她：

「爸爸走了。」正好輪到她上臺，她勉強上臺講完。五點十分，許議今趕到榮總加護病房，在病房門口，號啕跪下，匍匐向二十九號病床奔父喪。一個未成年的女兒，一位這個時代最後的舊式文人，在此刻，一如病床邊的儀器指針，完全歸於靜止，讓我們在靜止中默哀，沒有生死，沒有遺憾。

（民81年6月7日〈聯合副刊〉）

# 比較須蘭小說

看須蘭的小說，讓人想到鍾曉陽的成名小說《停車暫借問》及蘇童的〈妻妾成群〉。鍾曉陽的《停車暫借問》發表在一九八二年八月二十四至九月十七日的〈聯合報副刊〉，刊登前，連續有三天推荐短文——三十年來最細膩、脫俗、驚心的愛情故事。蘇童的〈妻妾成群〉於一九九〇年在〈人間副刊〉連載，連載時期，因內文在時空上勾出一個不明確的年代，透露出一股頹美的氣息。故事中陳家四姨太頌蓮及陳家大少爺的戀情、心理繆輵，彷彿揭示深陷於家庭生活中的情感命運，時空背景是前一個時代的，然而情感的詮釋角度卻是現代的。

為什麼拿鍾曉陽、蘇童與須蘭聯想而非須蘭自己也提到的張愛玲？一則因為小說的整體氛圍、故事結構所呈現的「似曾相識」之感——蘇童、須蘭的妻妾、少爺情結；鍾曉陽、須蘭的人物及寫情淡化手法。一則為其創作風格——鍾曉陽早期作品如〈細說〉、〈良宵〉以重現張愛玲式古典細膩手法著稱，而須蘭則懷抱「古典的陽光」之思，蘇童追尋小說本質，提到「嚮往光」的體悟（見遠流版〈妻妾成群代序〉）。鍾曉陽、蘇童、須蘭所創造小說內在時空亦與張愛玲有別，張愛玲創造的時空為重組當時秩序並向前走，鍾曉陽等則是模擬的、後視的，在這樣的時空運用，情感主線成為最值得玩味的重點，而家庭生活的影響力，在情感事件中占了絕大神髓，因此，品察小說意味，應當有助理出我們閱讀須蘭小說的路線。

鍾曉陽的《停》文，敘述了趙寧靜和林爽然的情愛過程，蘇童的〈妻〉文，是四姨太頌蓮的無情愛終程，須蘭的小說〈閑情〉，則以五姨太沈香與大少爺唐覲經不道德情愛為經緯。對熟悉張愛玲〈傾城之戀〉的讀者而言，白流蘇與范柳原是從家庭生活出走，創造了一種情感模式。比較〈傾城之戀〉與其他三篇，不難發現家庭生活的權力毀滅了後者，而〈傾城之戀〉則創造了一種毀滅性的情感。事實上這兩者差別在於，人物受家庭生活控制與情感受家庭生活控制散發出不同的意味。人物受家庭生活控制，是家庭生活秩序的模擬，由人物為代表，這可由須蘭文章中看出；情感受家庭生活掌控，則是對情感內在的思考——你要不要這樣的情感命運，〈傾城之戀〉可以為此一說法提供藍本。關於須蘭、鍾曉陽、蘇童在刻畫情感上，無論用字、寫情，多求「刻骨銘心」而情感四溢，使人產生用字顏色及力道即為情感的寫真、濃厚之想法。

最後，為了集中閱讀，不妨把須蘭的〈閑情〉與蘇童的〈妻妾成群〉在小說形式上做一比較。

〈妻〉文挖掘十九歲大學女學生頌蓮嫁到陳家作四姨太的靈慾覺滅過程，觸及了性及「機敏」的回應、追索，及至管不住自己而勾引大少爺飛浦精神崩潰，再回復原生狀態。黯淡無光。

須蘭的〈閑情〉亦架構在此一故事上，所不同〈妻〉文中飛浦與頌蓮十分投緣，但最後頌蓮伸出情慾的腳勾引飛浦時（見遠流版《妻妾成群》二二二頁），方驚駭明白，飛浦是名同性戀者，最後頌蓮情慾不得滿足發癡，飛浦遠走出遊。〈閑情〉中，五姨太沈香與大少爺唐觀經卻是在面臨家庭權力壓下時，斬斷家庭臍帶，相偕離去自尋生活。

如此完全相反的結局，事實上又是完全相同的，因為表現情感的模式，只有選擇或不選擇——一個選擇就地逃避，一個選擇躲到外地逃避。

因此，當我們在〈妻〉、〈閑〉兩篇小說中，對節日（同是重陽節及老爺生日鬧事）的鋪述如此神似，刻畫人物背景、心理的近似，真是嗅到這兩篇小說的「共同命運」。

自張愛玲、蘇青在小說中隱蘊了家庭與情感內在命運休戚互動以來，當代小說大多徘徊於社會探索、寫實、心理抽絲或顛覆技巧，我們看到了久違的寫作內容，即模擬早遠以前的家庭生活，以現代情愛觀重現舊時。在這樣的檢視角度下，刻畫既往家庭生活的痕跡，卻有新的情感注腳。

相對兩晉南北朝的小說中「情節悽惋、事皆離奇」的風格，與其說須蘭的小說是新古典風格，不如說，我們樂於見到重現家庭生活對中國人在情感、命運影響的篇章。

（民82年12月《聯合文學》110期）

**註：**須蘭（一九六九～），上海人，出版有短、長篇小說集《宋朝故事》、《櫻桃紅》、《武則天》等。

# 這一代的軍人作家

第一代軍人作家在臺灣多出身行伍，在一個動蕩的時代，清理文學戰場，等待陸續進駐的文學弟兄。目前，他們大多仍活躍文壇，如詩人辛鬱、商禽、瘂弦、彭邦楨、羅門、洛夫、張默、向明……，小說家朱西甯、尼洛、司馬中原、玉翎燕（繆綸）……，劇作家張永祥、趙琦彬（已過世）、貢敏、宋項如……，在學術的領域中如學者張玉法，甚至早期的哲學大師徐復觀。這一代作家，帶筆從戎，為早期軍中文藝體質注入可觀的文學養分。

## 體力精力雙重燃燒，仍不忘文學之夢

第二代軍人作家行走文學疆土，「兵」的色彩，已經被時代背景洗去，這一代作家，年齡層約三十至五十之間，「血統」則以「軍校」出身為主，在念書時期，與外界接觸不便，造成普遍「晚熟」的現象。事實上，軍校正期生畢業分發部隊後，又起碼有五年部隊歷練凍結期，從排長、輔導長、作戰官歷練起，基層生涯，是體力與精力的雙重燃燒，若非極度熱愛文學，文學之路恐怕是一個越來越遠的夢。

沈臨彬、隱地、汪啟疆可說是第二代軍人作家前置期人物。沈臨彬出身於政戰學校藝術系，畢業後分發海軍，創作文類以詩為主，六十一年，詩與散文合集《泰瑪手記》出版，深刻描述軍校學生、軍人的情感心事，熱情、內斂兼有，當年許多親近文學的軍校學生行軍背包中總有一本《泰瑪手記》陪著上路，熟悉沈臨彬的朋友都清楚他性格陰鬱帶狂狷，為追求驚豔女子跳火車的事蹟多在文人間流傳。沈臨彬退伍後轉職時報周刊，十年後，由爾雅出版《泰瑪手記》續篇《方壺漁夫》。這本書的出版，沈臨彬特別為文感謝爾雅負責人隱地。

隱地本名柯青華，和沈臨彬同樣出身政戰學校，學的是新聞。隱地十四歲即開始寫作，進入新聞系，是標準的帶藝投師，二十四歲即在皇冠出版小說、散文合集《傘上傘下》，出版品在二十種以上。《心的掙扎》、《隱地極短篇》為風靡一時暢銷書。

## 優異的軍人身世，不妨礙創作上的突出

第二代軍人作家中，官階最高，目前仍服役軍中的是海軍少將汪啟疆。說起他的階級，軍人作家都會說：「真露臉。」汪啟疆畢業於海軍官校，創作以詩為主，得過國軍文藝新詩金像獎，海軍金錨獎及《時報》敘事詩獎，出版書目皆帶濃厚「海軍」氣息——《夢中之河》、《海洋姓氏》、《攤開胸膛的疆域》。

與汪啟疆在同齡層帶的是周浩正。周浩正筆名周寧，陸軍官校畢業。退役後投入編輯隊伍——華欣、小說新潮、書評書目、新書月刊、遠流出版……，文字以評論為主，出版有評論集《橄欖樹》，編選七十一、七十九《年度小說選》。在軍人作家中，周浩正最特殊處在他不以創作為主。

陸軍官校這一脈，周浩正的學弟有履彊、田運良。履彊本名蘇進強，臺灣雲林人。是軍人作家中清一色外省籍貫的異數。從軍人的角度來看，履彊也是一個標準的職業軍人，形象耿直，畢業於士校及陸官，曾經當選國軍莒光連、營長，然而和汪啟疆一樣，優異的軍人身世，並不妨礙創作上的突出。履彊寫作以小說為主，曾經得過國軍文藝小

說類金像獎、《聯合報》、《時報》小說獎，甚至軍人作家都不曾得過的吳濁流文學獎。六十七年《聯合報》第三屆小說獎，履彊以〈榕〉得第三名，是履彊的風格之作，軍人魂與鄉土情懷形成履彊小說特色。七十三年、七十四年，履彊與蘇偉貞互得國軍文藝小說金、銀像獎，彼此笑稱：「輸得甘心。」君子之爭。後來他們都不再同時出現這個文學戰場。

田運良在資格上可說是第二代軍人作家的排尾。創作以詩為主。八十一年才從軍中退役，目前任職《聯合文學》。「新」作家，對都市素材感應靈敏，詩作出版有《個人城市》、《單人都市》，開啟軍人作家的現代感寫作之窗。這個時代的變化與影響，在軍人出身作家中我們亦逐漸看到。

銀正雄是所謂三軍四校（陸、海、空官校及政戰）之外的軍校出身作家，畢業於財務學校，寫作以小說、散文為主，七十四年曾得《時報》散文首獎，小說大多以小人物為表現對象，近年很少見到他的作品，他最新一本書是七十六年出版的《日光心事》。

## 軍人身分使他們冷靜，文學使他們熱情

女性在軍中原本即屬少數民族，具軍人身分的女性作家因此更少。然而得利處，在她們永遠像國慶閱兵隊伍的最後一列，她們一上場，連鼓點都變了。雨僧的《大豆田裡放風箏》是早期較為人知的女兵創作，更在木蘭村裡廣為流傳，雨僧停筆狀態被論起多時後，目前已經平息。木蘭村一直到七十九年，蘇偉貞以小說《紅顏已老》得《聯合報》中篇小說獎，續上了寫作這支線。蘇偉貞出身政戰學校影劇系，她的老師詩人瘂弦曾說：「偉貞是我們幹校（即政戰學校）的寧馨兒，我們盼了這麼多年，才盼到這麼一個。」軍事訓練在她的作品中絲毫嗅聞不出，反而有評論認為她的小說中帶有強烈的女性意識，她表示軍人背景對她最大的影響亦在此——她周圍全是男性軍人，使她更加意識到自我女性的角色。蘇偉貞以上尉階退伍後，小說創作有《離開同方》、《熱的絕滅》等，她的忠貞習性，表現在她的書集中洪範、聯經出版一事上。

國防醫學院研究所出身的「軍醫」黃有德是另一系統的女兵作家，六十八年曾以新人面貌出現文壇，作品《誰要去美國》。後來念國防醫學院研究所蟄伏多年，一直到七十

九年，才又重新以《異教徒之戀》現身文壇，那時她已自軍中退伍，她從未下過部隊，也非軍校正期生畢業，卻是有過軍階的女性作家。

事實上，第二代軍人作家中不乏「散兵游勇」，他們也許未能「入列」，卻絕對顯現他們對文學的攻擊熱情，甚至他們也有自己的主戰場，如王墨林的表演藝術、李繼孔的生活散文、姜捷的抒情報導、蔡富澧的詩、黃徙的鄉土文學、劉美琴的劇本……。軍人的國家之愛，絕不局限他們作品狹窄、拘謹，軍人身分使他們冷靜，文學使他們熱情，「冷熱胸膛」，正是軍人作家最佳寫照。

（民83年6月2日《聯合報・讀書人》）

# 袁瓊瓊，危險而寧靜

有些人過一種秩序的生活，那是一種能力；有些人過一種紊亂的生活，那是一種活力。

從來沒有見過像袁瓊瓊這樣的小說家，生活在紊亂時序的颱風眼中心，充滿了危險的寧靜，一個巨大又封閉的世界。

她以颱風眼看她周圍的一切（如果颱風眼能看，多大的一對瞳孔），她看到的一切，卻近不了她的身——政治的險惡、壞人的面具、命運的命定……「那不關我的事！」她說。

生活、小說、閱讀、人際……對她，永遠是一個移動的颱風眼，危險而寧靜。行走在情感、時間、生命的邊緣，她看到她要看到的事情，過她要過的生活，讀她要讀的文章、理解她要理解的道理、遇見她要遇見的人……「我們真的不了解別人的痛苦。」她說，安靜的坐在那裡，充滿了另一種了解與清朗：「我們不要去預設結果。」我一向以為作為一名小說家，她有另一種潔癖對待事物，包括閱讀。因此，如果說她的生活裡沒有秩序，她的秩序都在紙上，一張又一張的計畫、行程、大綱……她寫下它們，使它們生，也使它們死。人生不一定是種完成。

因此，她有自己的方式解釋世界，有時候頑劣，又有如颱風眼一般的效應，真摯的頑劣，剔透的玩世不恭，過濾過了；像她的人生，過濾——「性病毒」，她會說。是的，生活本身就是一種選擇，她的危險或寧靜、過多過少的真與假、輕與重……的書評，有一種潔癖，或者壓抑、邪惡、良善、嘲諷……。

這一切，成就了她的小說。小說評論者王德威稱之為張愛玲調理黑色幽默的傳人。在她小說生命中，說大不大，說小不小的颱風眼。

（民85年4月1日《聯合報・讀書人》）

# 邱妙津《蒙馬特遺書》，尋找生命的出路

邱妙津在法國以生命思考書寫的小說《蒙馬特遺書》，讓我想起另外兩位法國作家——馬塞爾・普魯斯特（Marcel Proust）的《追憶似水年華》（聯經版）；安東尼・聖艾修伯里（Antoine de Saint-exupery）的《南方信件》（萬象圖書版）。

對普魯斯特、聖艾修伯里及邱妙津，在一個封閉失去座標的空間中，那反而是力量所在，雕鑿記憶或描繪生命中最難以言喻的幽微心靈。

因此，當我閱讀《蒙馬特遺書》，給我一種安靜的感覺，在靜謐中我看到她藉由書寫，尋找生命的出路，了解她一次又一次觸及身體的痛、靈魂潰陷的真相。如此無懼地面對生命，不以宿命解脫。

這樣的直視生命內在，有人認為是悲劇：她的生命整個錯亂了，她對自己太殘忍；

有人認為這是一種高貴的情操：她對自己的生命擁有完全的自主性。如果我們和她一起面對一切，是不是會發現，她的確否定了上帝給的路，雖然最後，她同樣無法說服自己的內在靈魂。

是不是因為如此，尤其使得這本書充滿了「勝利」的痕跡與氣息？在《蒙》書內容裡，邱妙津反覆將生活中的愛、知識與生命本能中的愛、知識交互印證，甚至創造、推演出一些可能並不存在的小說情感事件，而我們「真實」化了？以及她更深沉、更深沉如果不是創作可能不會存在的心靈，而我們「小說」化了。不要去討論她真實的心理背景，不要「錯亂」的去窺探她的性向。種種種種是創造非虛擬或捏造——生命的真實比之生活的真實，使這本書有了更精緻而原始的形狀與內容，達到《蒙》書要求的情感上忠誠度。這個特質在《追》、《南》中都有，我們不要忘了，《追》是普魯斯特以一生為底蘊的書寫；《南》是聖艾修伯里第一本書。真實的巨大身影投射在小說中影影綽綽，無一不是真實，並且穿超，以尋索方式自傳體小說命名。

普魯斯特在過世前十五、六年時間，關在封閉的室內，整天拉上厚密的窗簾，沒有光影與外在景色，他只停留在一點時間中；聖艾修伯里駕機於地中海上空意外的消失了。

普魯斯特的追求記憶、聖艾修伯里的飛行中沉思、邱妙津的異鄉孤寂，皆有一貫的氣質。生命中的異常往往最容易打動我們。

也許有人會反對將邱妙津與普魯斯特、聖艾修伯里相提並論。那麼，我這麼說吧，如果邱妙津文章中流露出「創作之路始終向內注視」的願力是正確的，《蒙馬特遺書》已經打破了一種比較與生命、寫作……的空間。在這本書裡，我彷彿看到她再度擁有小說的出路，以及生命的自由。

（民86年1月10日《聯合報・讀書人》）

# 金庸，明池金光

身為擁有華文寫作版圖最大讀者群的作家，金庸近年的創作關心與角色扮演無疑主/被動地放在兩岸三地歷史的轉折上。有趣的是，從一九五五年第一部武俠小說《神鵰俠侶》到一九七二年停筆的第十五部《鹿鼎記》，所傳達的內在精神——無論人物或內容思辨都有著反映政治困境、追求個性的特質。作家的創作世界和現實際遇在七二年之前之後因著他的寫作名望的昇華而更清楚——四九年大陸政權易手，金庸南走香江，五九年脫離左派制約創《明報》寫時事評論觀察大陸政治走向，分別在八一年、八四年、九三年會見了鄧小平、胡耀邦、江澤民中共最高領導廣泛交談，香港回歸前參與起草香港基本法……。金庸已經不是辦報紙寫社論、藉小說挑戰傳統及政治的單純編者、作者個人，更確切的說，他是他的讀者子民的眼睛、嘴、耳朵，甚至心臟。

去宜蘭會合明池一行的金庸等人路上，我想像群山疊峰，在明池上空，有著劍氣輝映夜空。金庸夜宿明池而不論戰。

胡蘭成在見張愛玲時「天地都要動容」，清晨，在一公共空間中見到金庸先生「天地安靜下來」。他以小說和他的讀者交談，他的讀者以什麼語言和他交談？問起兩岸三地讀者孰多、有什麼不同的閱讀角度？他淡淡的說，香港讀者密度最高，大陸現在讀者和盜版書都非常「普遍」，在大陸版權交給三聯書店經營之後，盜版書的情況遏止了下來，臺灣的讀者程度高；而經過文革的讀者喜歡《笑傲江湖》、年輕人熱中《射鵰英雄傳》、文學評論者注視《鹿鼎記》、學者則偏愛《天龍八部》。這種讀者群落的形成非常自然，就像他為什麼要求到宜蘭遊訪，因為讀到一篇文章提起宜蘭地理位置特殊造就出不少藝術人才。而他小說中人物及九三年在與江澤民會談中都透露「哪裡人」的觀念，他說，地方會對人形成不同的性格，我們可以藉由人的籍貫知道對方的地域性格。金庸是浙江海寧人，他小說中武功著稱負復國使命、溫文倜儻的陳家洛就是海寧人。

同樣反映在小說世界而於現世生活中金庸的愛情故事，更是讀者所好奇，他很本能地握住妻子手的反應，彷彿由他眼中見到許多讀者心中的情人——黃蓉。但是他說情感是男性的弱點，小說亦如是說。如果現實生活中的情感與男性本能同時發展會到什麼程度？大俠終於微笑道：如果情感到了，自然情感可以控制男性的動物性。

香港是那麼一個寸土寸金之地，金庸的小說世界卻是無疆域的，心境上習慣嗎？他說，香港面向開闊，交通發達，由香港去任何地方都非常方便，不會有拘禁的感覺，書寫他方成為一種異國情調。和香港的命運同時發生的在許多華人而言，恐怕是廿一世紀的武俠小說的未來。在世紀與政治結構重新啟迪時刻，會是一次契機嗎？金庸說，有危險，但形式會變，譬如武器的使用。但武俠小說的基調——中國式的內在氣質，是永遠使讀者親切、打動讀者內心金庸使的唯一武器。就像他喜歡聽的音樂「梁祝」，以小提琴為主樂器演奏，但是旋律非常中國式的牽動中國人的深層情感。武俠小說的精神在於一「俠」字。

金庸的作品在大陸改革開放後，大量進入了大陸市場，改變了華文閱讀群的結構，對最早接觸他作品的香港讀者、曾經被禁後來掀起閱讀熱潮的臺灣讀者來說，「金學」的板塊連接是一種權力，也是一種失落吧——金庸不再是特定專屬地的作家了。

（民86年3月3日《聯合報・讀書人》）

# 張貴興《群象》，循著記憶的地圖

當我們回憶生命，有時候「我」是一主體，有時候生命的背景為一龐大的記憶主體。《群象》便是以個人與龐大東馬雨林中施、余家史與華人族史進入記憶體的書寫。施家么子仕才與舅舅余家同則在此一體系中扮演靈媒的角色，遊走於命運及現實兩端。掙扎也就在這裡爆發。

循著這樣的記憶地圖，我們進入自十八世紀初荷蘭一支狩獵隊伍在雨林中進行象群大屠殺，射死九十多頭公象之後的夢魘之境。從此，象塚中的象牙就像一道命運的符咒，綰繫著共軍／政府軍、親情／不義、抗爭／妥協、傳說／現實……無止境的追逐與背叛串連發生。雨林成為試煉人性最枯漠的沉沙與無情荒地。

在這個深不可遏的流沙之域，我們一再看見的是不時偷襲人的鱷魚、四處流徙的北加里曼丹人民軍似毫無人性，而色彩斑斕的鳥、貂、獾、小山貓、人的骷髏或不可考的獸的骷髏……成為雨林的彷彿有生靈的主人。

而命運對待人的殘酷不比人對待人的行為更慘厲。本文中作者安排了與命運並行的兩條主線，一條是仕才的母親新婚五天即因太平洋戰爭被日本兵姦污、父親被削下陽具，造成的命運改道。從此，施父成為毫無人味的賭徒，施母以身體為丈夫還賭債生下五名父各異的兒子，等生下唯一的女兒君怡，內心才較為堅實。君怡卻在三歲被鱷魚叼殺，仕才從此成為雨林的追殺者——追殺鱷魚，也追逐出另一條命運的真相：「革命者」舅舅余家同和他記錄《獵象札記》所揭示的施余兩家歷史、仕才的四個哥哥響應余家同率領的揚子江部隊共軍對抗政府軍全部慘死，殉的是誰的道？

兩條主線形成輻射宛如戰場上的彼此撲殺，象嘯則是命運特殊的超高頻率，唯有異常的生命可以接收。仕才必須承受的徵兆出現在他出生當晚象群入侵施家菜園，余母被象群踩死成為仕才無法背離的生命聲音與異象。

終於這兩條主線匯合在仕才手弒余家同後閱讀了余所寫《獵象札記》有了答案。也失去了答案。

作者張貴興來自東馬。雨林是他寫作的主體，亦是大馬以華文寫作者全體所背負的共同記憶。雨林，長出生命，也消失生命；類似的故事內容，雨林成為一個書寫的道場，似曾相識，同樣長出作品生命，也淆惑了創作者自主性。作者彷彿在轉述一個流傳在東馬華人間的傳說，使我們產生一種閱讀上的熟悉感，這亦是小說質疑生命的所在。

（民86年11月10日《中時・人間副刊》）

# 七等生，再回沙河

鍾肇政曾說七等生是「徬徨一代的靈魂」，且是「徬徨之中最徬徨的一個」、「唱出了令人靈魂為之震顫的一闋闋生命之歌！」小說家靈魂向內探索不變，只是「靈魂已老」，引人歎息。

十三歲喪父，這對生於通霄長於通霄尚未成為作家七等生的男孩劉武雄而言，命運與生活的沉重從此成為他寫作的基調。

通霄方圓數里及劉武雄生命中發生過的事，以「窺見內在的世界」（引自〈情與思〉小全集序）的方式，成為小說家創作的文本，鋪展七等生與生命及情感的對話。就在這樣的對話流過，描繪七等生自一九六二年二十三歲至一九八六年四十七歲，漫長而累積的二十四載書寫地圖，並且在他一九七〇年謀生受創，返鄉小學任教後更大量的代表作描述通霄，通過七等生，通霄在他筆下有著越來越多的地表浮現，成為一個真實卻又賦予創作上的意義之地，終於「站」成一個在現實之外又十足真實的立體之鎮。我們在七等生的作品中閱讀到《沙河悲歌》中沙河、縱貫線上大門對大門的兩間酒家「圓滿」和「樂天地」；〈散步去黑橋〉、〈白馬〉中的黑橋、湯家池塘、牛車路、呂家農莊；《重回沙河》中沙河上水泥橋、通霄海水浴場、七等生仁愛路老家；〈我的戀人〉設在鎮上仁愛路雜貨店門口的汲水站舊址……跟隨七等生的省視自我遭遇、敘述痛與昇華，以另一隻眼尋找作家生命落腳處，明白他如何賜給發生過的事物、地址以不同樣貌的過程。同感沉重與喜悅。

當我們追尋小說事件背景，穿越故事文本，到達作家豐富的原創之鄉，重建作品現場，閱讀與創作有了更深刻的生命情景。

那是七等生所說的「當我年輕的時候，非常的寂寞和孤獨」（《散步去黑橋・我年輕的時候》），也是他在〈父親之死〉中非常寫實的以天賜之子自述「這個男孩一點不因父親的死悲傷，因為從今以後，沒有人會再欺騙母親」的生命底蘊。更是穿越寂寞與孤獨、背叛後沉思況味：「在這樣的思想裡，所有生活細節的重憶會變得有意義……

這是創作生命之所由來的途徑。」閱讀者思及書中情節同一路線，形成通霄文學之旅，以七等生幾篇知名小說及生活札記為指標，見證一處一處背景，重建一張七等生專屬的文學地圖。

## 《重回沙河》、〈我的戀人〉

我們第一站就是通霄海水浴場，正午的陽光由大片木麻黃樹梢照下，《沙河悲歌・獨泳》中，敘述海水：「漲潮時沙岸斜成東北到西南的角度，……浮在水面的自如感，頓時把生活中的煩擾拋棄了。」〈海洋的幻畫〉裡：「前幾日在海水浴場時感覺右臂扭傷了，看來今年再也無法下水游泳了。」七等生說他非常喜歡到海水浴場游泳，每年五月通霄海水浴場開放到十月，六個月裡他幾乎每天來游泳。

出海水浴場路口就是通霄火車站，這裡是七等生出發到外地或回家的驛站之一，〈受創〉中「週六上午十時四十四分，我陪年老多病的母親搭火車回臺北木柵，在火車上一切平安無事，我大部分時間在看安瑟・亞當斯的攝影集」，〈看照片要像讀書一樣〉中「原定今天和尤莉到臺北看兩部電影——「現代啟示錄」和「克拉瑪對克拉瑪」——沒有買到火車票」的一個小火車站，只有海線從這裡經過：「這裡沒什麼！」七等生說。不知道為什麼，他似乎並不喜歡這個火車站。

火車站對面是中正路，穿過中正路不久，到仁愛路，七等生的老家就在仁愛路三角地帶。如今，在我們面前的不再是「而我七年前浪跡回來時，鎮上的老屋曾空了好幾年，我驚訝於老屋的低矮和陳舊不堪的樣子」（〈散步去黑橋〉），也不是《重回沙河》中「當我童年時，父親逝世不久，家裡十分貧困，前後鄰居的惡眼惡相，以及沒有公共道德的情形給我極深的印象」以老屋為輻射一整本的生活記錄。

我們注視「老屋」地點，現已成為連棟樓房，三角地段開著間菜苗店。七等生遠遠等我們拍照，他在《重回沙河》時期，首篇〈晨河〉描述：在沙河「永遠存在的一座橋」上，「把相機放在橋柵上，拍下了我的第一張擁有歸屬於自己的 Pentax 照片」生涯。大量的沙河各種面貌、田景、竹林……成為《重回沙河》卷首。

更遠仁愛路盡頭是紅水槽汲水站，〈我的戀人〉中小男孩守候水桶時，「大部分時間我朝著另一個目標注視著類似一隻極為清潔樸素的鳥的女人」。故事彷彿仍在進行，而七等生甚至沒有走近來。

## 〈散步去黑橋〉、〈白馬〉

〈散步去黑橋〉中，七等生創造了一個童年的靈魂邁叟（即 my soul，我的靈魂），在一個午睡醒來，「我」和邁叟到兒時日據時代躲空襲被安置住在黑橋對面呂姓農莊，黑橋在從前的圳頭里（現在仍叫圳頭里），黑橋有多遠？「邁叟說這是一條曲曲折折的田丘路，經過漫布的稻田、池塘、山坡和農舍。」路線圖已然成形，而故事主要人物表、事件變遷也依附這條路線展開。

從通霄鎮中心出去穿越一二一縣道、臺六十一省道，是〈散步去黑橋〉裡「一條新闢的通往圳頭的大馬路在鎮北端延伸到長碑再到圳頭內」、「鎮北的虎頭山像漆綠的金字塔峙立著」場景，也是〈白馬〉中「那是在一陣奇異的暴風之後，突然出現在虎頭山頂鳴叫的一匹白馬」的傳說之地。七等生說：「這條路以前全是牛車路。」現在接近公路的頭段倒是鋪上了柏油，車子在穿過省道約走了五百公尺停下，一口池塘坐落在呈「L」形的閩式建築前，七等生的「這口池塘有點怪，是成四方形的，邁叟說它無比的大」。湯家湯吳素妹兩位剛成長的女兒在一個夏日被海浪捲走，這顯然是當年的富有人家，「現在湯家已經沒落了，紅黃釉彩的建築顯得斑剝和頹塌，看起來到處是沒有門葉的孔洞」。而湯家池塘小邁叟第一次發現時「他感到很驚懼，它的形狀很恐怖；當它滿池時，水藍有波浪，像海洋」。七等生以現在之眼彷彿說給自己聽：「小孩時看什麼都很大。」作家來往於作品與當下之間，處處充滿掙扎與自我交談，常有回不來的危險，令人同在那個磁場時非常不忍。

我們繼續上路，一時之間還沒問題，朝上走就是。突然，有問題了，又不是大問題，是小說中「他望望往北的下坡路，又看看往東的上坡路」的選擇。我們問了一間四合院內正在修車的人、走進了一條舊式土壁牆死路，終於到了黑橋。不！一座水泥橋。「在過橋的那一邊，微彎地通到一座竹林為屏的紅瓦紅磚的農莊；那必定是呂家農莊的屋舍。」

黑橋由木橋改建為水泥橋，而當年的呂家農莊地理位置沒變，只是已經變成釣魚蝦場，在相思林及菜田的包圍中，有三個少年郎在既非假期又非放學時間坐在露天釣魚，椅邊放著啤酒，沒有帶著他們的邁叟。

## 《沙河悲歌》

李文龍來到另一條橫街，在西面盡頭接住縱貫公路，那裡有兩家面對面的酒家。他在樂天地和圓滿兩酒家奏唱了一夜，約莫凌晨一點回到家門……那天晚上他下勇氣決定到酒家奏唱賺錢，在自己的家鄉沙河鎮要幹這樣的工作必須下很大的決心……

《沙河悲歌》扉頁是：獻給亡兄玉明及一般吹奏樂者。序中更有「這些人物和場景都是我自小所熟悉的真人真事」。

從小說中對圓滿、樂天地酒家為故事主要背景上，也許不難發現酒家在沙河角色扮演之重要：「圓滿酒家牌樓邊側的空地上，有一棵樹葉繁茂的老榕樹，樹下停放幾輛牛車，三、四隻大牛分開縛在各角落，牛與牛車的主人可以想見是在圓滿酒家內暢飲和調笑。」以及酒女人物的描寫：「兩家酒家不僅門當戶對，酒女們也互有特色。樂天地酒家大多是年輕貌美、天真活潑的女孩子，正好配合沙河鎮知識階層……。而圓滿酒家裡大都是年紀較大、經驗豐富的女人，善於用花言巧語灌醉那些心地魯直的農夫……。」

奇蹟一般，城市中快速汰換的商店，戰後即存在的面對面的兩家酒家今天仍分站在縱貫線兩邊。我們拍照的同時，圓滿酒家當年拴牛的大榕樹也還在。彷彿看到，今天通霄鎮的知識分子和農民一如往昔仍各跑各酒家。

隨七等生在中午時分回到他作品所創造的沙河，也是他出生成長的通霄。我們在黃昏中離開沙河鎮，大半天的沙河鎮之行我們不斷以沙河為分界線，經過沙河去黑橋，下到河床砂石場，再經過沙河到圓滿、樂天地酒家。我不能不懷疑沙河旋律是七等生世界一切發生的背景音樂。

來到沙河已夜深幽寂，除了淺流潺潺細流訴。
沙河淺流潺潺，似在對我細唱。

沙河之音，並未跟隨我們離去，也許應該留在通霄，或者寫作的國度，成為沙河鎮的國歌。如果你看過七等生的作品，必會一路哼唱。

（民87年4月13日《聯合報·讀書人》）

# 張貴興，召喚大馬記憶

這世界有一種人，身世飄流，他們背後有個龐大抽象的祖國，生存於非母語系社群，如是中國人，這種人叫「華僑」。有些華僑長成青年，為了不願放棄華文和讀書，再度遷往另一個地方，也許來到臺灣，然後以生活記憶為回聲，寫下一篇又一篇一代又一代的小說或散文。他們的文字比出生就使用中文的臺灣作家不差，而他們架構起的寫作家族成績與僑居地生活內容是如此絢麗、魅惑，使臺灣文壇為之側目。這個寫作家族形成當道文壇的大馬風。

張貴興於一九七六年二十歲那年來到臺灣求學，一九九八年以《群象》晉入《時報》百萬小說決選，《群象》為記憶東馬雨林之馬共興衰及施、余家族史，是繼近年大馬小說家黃錦樹〈魚骸〉後，讓讀者再次看見大馬。

張貴興自承可以算是臺灣大馬華文作家第二代，第三代則有黃錦樹、陳大為、鍾怡雯等，第一代如李有成、陳慧樺、李永平等，他也確實深受他們影響。

高中畢業後離開馬來西亞到臺灣，華僑標籤使他永遠地擁有對自己身分、處境的困惑，及定位的悲觀。面向臺北，馬來西亞他來自的婆羅洲羅東鎮什麼都沒有，臺北卻是一個資訊的大都會。二十歲以前的大馬記憶成為最鮮活的圖案，他在離開後，那裡活了過來。他無法解釋為什麼反過頭對二十歲以前卑微的僑民生活好奇，他不斷去翻史料，看見大馬華人史，愈來愈覺值得寫下來。他在七九、八七年分別以〈伏虎〉和〈柯珊的兒女〉得《時報》短、中篇小說獎；更以近乎魔幻寫實的筆意寫《頑皮家族》，荒誕、鬧熱、大悲中取得命運和諧，評家視為力作。

生命底蘊與《頑皮家族》同層的《群象》，書寫筆法不同，為相似的大馬兩個家族興亡史。河流、雨林、戰爭、殖民地、禽獸的大量印象寓意，形成張貴興小說中最神奇的力量，顯示張貴興愈來愈成熟的大馬記憶思考。大馬歷史誌已成為他的道場，他很少作大馬經驗以外的書寫。但當被問起是否有自傳的成分在裡面時，張貴興笑了，他說：「的確有自傳的成分，但是我不能告訴你是哪些。」《群象》中老三仕文是個嗜書者，建了座

「風雨樓」樹屋，苦讀經文；《頑皮家族》中老三頑豹亦是「從少年時代開始嘗試將母親的童話記錄下來」的寫作者。兩書中家族都有五個男孩，張貴興上頭也有四個哥哥，不過父母和哥哥都留在大馬。作家隱於作品後，是否有自傳成分？已不重要。

重要的是什麼呢？手邊正進行的一篇長篇小說，寫了五、六萬字，仍以雨林家族史為題材。他說，這個題材永遠寫不完。更重要的事發生了，他太太因病住院，他幾乎每天以院為家，寫作自然停頓下來。所以說：「這也不重要。」

至於寫作二十年，共出了六本中、短篇小說集，對臺灣大馬華文寫作隱然已建構起一個寫作家族的譜系活動，張貴興坦白很少與其他人聯繫，一如隱身於作品後，同樣隱身於大馬華文寫作家族後，是否來自宿命般的「定位悲觀」，已不重要。

（民87年4月20日《聯合報・讀書人》）

# 新興旅行文學獎思考

卡爾維諾在《看不見的城市》中，經由一種文學處理的時間與空間，讓不同時代的人見面，並且藉著一種描述重建城市。忽必烈問馬可孛羅：「告訴我一個城市的故事。」馬可孛羅向忽必烈描述義大利他的故鄉威尼斯。在《鉛筆》這本書裡，一位十九世紀到歐洲旅行的觀光客說：「上帝把河流放在都市的中央，實在太棒了。這樣一來，我們就能擁有這些美麗的橋樑了。」

時間的、空間的、浪漫的、回憶的、悲傷的……更抽象的說，不管是舒伯特音樂的「冬之旅」，或者希臘導演安哲羅普洛斯的電影「尤里西斯的生命之旅」，都在深化生命不同面向的旅行。

參加第一屆「華航旅行文學獎」得到首獎的舒國治，就對「旅行」這個課題，有著獨到的省察：「旅行文學獎需要很有資格的評審！否則真旅行就會被假旅行取代。」何謂假旅行？就是那種受過很多「情緒教育」的人所以為的旅行。

## 繁複・層次・深入——作家的優勢

八十六年第一屆「華航旅行文學獎」辦法公布以後，高額的獎金的確吸引了不少注意，還有就是第一次使人省思旅行究竟應該是怎麼樣的層次？「華航旅行文學獎」為中華航空和《中時・人間副刊》主辦。出錢的華航為什麼定出那麼高額度的獎賞，包括首獎一名，獎金一萬美金，華航全球航線任選航點頭等艙來回機票兩張及獎座；優等獎一名，獎金三千美金，華航美國航線任選航點頭等艙來回機票兩張及獎座；佳作獎三名，獎金一千美金，華航亞洲航線任選航點商務艙來回機票兩張及獎座。

最好的是，三月底截稿，五月三十一日就揭曉了，得獎名單五人中首獎舒國治〈香港獨遊〉、優等獎鍾怡雯〈蟒林・文明的爬行〉、佳作柯裕棻〈冬日遊牧〉三位是知名作家，擔任初複決審的也全是寫作者。這個結果的確令很多很多文藝圈、非文藝圈人眼紅，但並不出人意料。同樣去旅行，甚至舒國治首獎〈香港獨遊〉的香港有人去了八百次，而那樣的繁複，那樣的層次，那樣的深入同一個香港，「為什麼是他不是我？」因為第一，旅行文學並或許不是作家的專利，但是記錄感受及看見發生，懂得如何書寫，仍然是作家一項先天優勢；第二，你沒有參加。

華航公關室主任楊辰就不諱言指出，藝文人口相當多，經常出國更不少，在商言商，希望靠著高獎金為誘因，在眾多文學獎中吸引這些人士，把旅行所見深刻記錄下來。「首創國內結合航空旅遊與文學創作全球性徵文，提升旅遊文化品質。」楊辰再三強調。

## 旅行：尋找一個島嶼的位置

旅遊文化品質提升了沒有，我們不敢說，但是經過「把旅行所見記錄下來」這樣一層沉澱，今年長榮集團三十周年，也與《聯合文學》合作主辦「長榮環宇文學獎」，將空間拉大到陸海空領域。獎金也不少，包括首獎一名，獎金臺幣十五萬元；評審獎一名，獎金十萬元；佳作獎十名、入選獎三十名，各得獎金兩萬元及五千元，只是少了機票。也許因為這個獎的遊歷空間是陸海空。不僅僅是靠著從一個地方飛到另一個地方，改變生活方式的旅行，而是像長榮公關室經理廖雪惠表示：「擴大旅遊，有深度的生活和感官經驗來說，一般人對『空』比較有接觸，其實海和土地都有發揮的空間。」也就是一個夢想的生活經驗的表達。

《聯合文學》總編輯初安民更進一步指陳：「居住在臺灣這樣一個島嶼，旅行其實是尋求一個島嶼的位置。」他表示，實施週休二日後，全民旅行已經是必然的趨勢，作為一本文學雜誌，如何在鬧哄哄的旅遊聲中，追求一種知性的、內心形式的旅遊，是更重要的。旅遊不是把身體從甲地搬到乙地。人文的、內心形式的旅遊，當然必須靠著身體的移動來完成，但是：「另外一點，作為一個時時刻刻的臺灣人民，究竟旅遊的目的是什麼?是一個更高形式的和外界對話，達到更高品質的旅遊目的，繼而發現自己！」閱讀一個城鎮、鄉村，終究是閱讀自己。

## 在規定的時間到最遠的定點

拿到第一屆「華航旅行文學獎」那麼高的獎金和機票，鍾怡雯「帶著」同是作家的先生陳大為跟團參加美東紐約、華盛頓十日遊行程。問起坐頭等艙的感覺，她說：「就覺得不斷在吃，點心、飲料、正餐……，回程時太疲倦，一直睡。」至於初到美國什麼感覺？她說到尼加拉瀑布感覺好冷，（別忘了她的得獎作品是家鄉東馬的熱帶雨林經驗呢！）只看到一大塊冰掛在那兒，沒有水。

至於舒國治，到現在都沒出發，他說參加「華航旅行文學獎」本來就是覺得錢很多，自己本來幾乎天天遊山玩水，在這個文類應當有一個小小試身手的機會。為什麼拿到那麼有價值的機票，到現在還沒上路？不怕機票過期了？他說：「時間對我不發生作用，限制我，我就會違規。」他一點不怕損失，他的人生損失慣了，就因為不能符合規律，規定他什麼時候、多少時間內去什麼地方，他認為非常荒唐：「我不能把我的生活荒唐化！」同時兩張機票對單身的他也是一個麻煩，華航去歐洲最遠的地方有四個定點——阿姆斯特丹、蘇黎世、羅馬、法蘭克福，要去日本我為什麼不自己買機票？但是在一個時間內完成兩次那麼遠的旅行，再喜歡旅行也不能。

至於旅行文學書寫，他認為臺灣的人對旅行不夠精明，還有就是在一種旅行形式中已經很熟悉，這兩樣都會使人自然而然暴露空泛的旅行情緒，那種情緒的教育以為自己懂得旅行。旅行，「是這樣寫的嗎？」

## 停止或再出發——旅人要去哪裡？

因為第一次的徵文反應不錯，華航繼續辦第二屆，並且擴大佳作獎增加為五名、決審入圍獎八名。就在今年三月底截稿前，二月十六日華航中正機場空難事件發生，三月三十一日〈人間副刊〉公布徵文延長至六月三十日，華航公關室楊辰主任直言：「老實說一方面是受空難事件影響，截稿前稿件很少，簡直不能跟第一屆比；第二在這個時期實在氣氛不對，就算五月底才公布，氣氛還是不對！」

方興未知的，說專為作家準備的旅行文學獎也不為過的徵文命運如何，尚未見出影響力。至於旅行是什麼？是如初安民所說：「旅行對我是一種秩序的再尋找，同樣的，旅行是一種停止或再出發。」或者長榮公關室廖雪惠經理所說：「長榮三十周年慶，透過一種特殊的節慶方式和社會大眾結合。」或者華航公關室楊辰主任所說：「旅行就是我們藉由一個文學活動回饋社會的方法，如果萎縮太多將來我們只好用別的方式來回饋了。」或是像舒國治所說：「我沒有受旅行情緒的教育，人生是很現實的，不是裹麵去炸的！」

現在兩大旅行文學獎，長榮、《聯文》主辦的環宇文學獎六月十五日截稿；華航、《中時・人間》主辦的六月三十日截稿，好消息是你可以半個月內一次搞定，壞消息是你來不及，只能選一個參加。

然後，為了得獎，每次旅行到一個地方，你可能有點在乎，於是開始用文學的心靈思考旅行。如果不小心得獎了，你得開始想：「我要去哪裡？」這的確是旅行永遠的課題。

（民87年5月11日《聯合報・讀書人》）

# 黃碧雲，突然我記起妳的臉

在香港那樣一個地方，寫作往往成為一種傳說，之前的西西、董橋、鍾曉陽……，現在的董啟章與黃碧雲。

《突然我記起你的臉》（大田版）是黃碧雲在臺灣出版的第三本小說集，小說家楊照的序將黃碧雲書寫氣息標得十分清楚——人間絕望物語。楊照還說：讀黃碧雲的小說，我們終將在零碎、片段的短篇背後，讀出一個完整、龐大的寓言。彷彿她是一個最後的傳說。

問起黃碧雲對這評語的感覺，她笑著、用不順暢也不標準的港式國語：「啊——好恐怖的！不覺得香港特別沒希望啊！」

她是真的白在臺北「混」過，這樣一口國語。一九七四年，她父親怕她在香港學壞，送她到臺北讀景美女高，兩個月後，她被「轟」出校門，一她不肯吃東西〈你知道那就是絕食〉，二不肯剪頭髮。然後她又被送進復興美工，學畫。我說那是兩個很不同的學校啊！她說她也不知道。反正又是兩個月，便結束了臺北另一次「遊學」旅程。

這樣一個在臺北高中一學期都混不完的人，居然讀了兩個香港最有名的大學，香港中文大學新聞系學士及香港大學犯罪學碩士。問起她小說中如〈嘔吐〉、〈創世紀〉中都有所謂的變異心態描寫，跟她所學犯罪學背景是否有關，她說犯罪學是社會學，關於犯罪心理個案不多，多的是現象及事件，譬如監獄制度是怎麼形成的。那麼小說寫作對她是怎麼形成的？她說，一個人的生活背景、經驗，決定了作品。我問：「那麼〈溫柔生活〉中錯綜到有種恐怖真實感的情感、人際糾葛是妳的經驗嗎？」她又笑了，這次她正好用拙於詞彙、不準確的港式國語虛晃過招。但是她又很誠實地補充，〈溫柔生活〉像羅蘭．巴特的《戀人絮語》；〈創世紀〉因為報館一天要登一點，所以仿上帝七天創造世界，一天寫一點；〈嘔吐〉正好看了沙特的《嘔吐》。她的書寫多有一個隨機的世界觀的藍本，但是她落實後終究寫的是香港。雖然還曾經入選臺灣年度小說選。

她通過香港的律師資格考，是一名作家律師。她說，是想擁有一個專業身分，因為希望告訴別人：「我也會幹別的！」是的，不是因為不會幹別的才寫小說。但是律師樓工作周而復始，朝九晚五、一週五天，她說：「度日如年。」這個「我也會幹別的」，真是代價不小。

先前因為準備律師資格考試，她手頭上兩個長篇小說暫時停筆，一篇是寫香港祖孫三代女性故事，從二〇年代開始，她花了一年時間和一位老婆婆相處，學習老婆婆那代的語言、思路，她發現彼此用的語言很不同，即使講的都是廣東話。她說：「我像一個寄生蟲，寄居在老婆婆身上。」另一篇她寫六〇年代女工的故事，計畫寫七、八個女工。

黃碧雲有一年在紐約，她原來可以有機會定居下來，但是她覺得自己留下來會迷失，這不是一種選擇，所以她回到香港，而在香港，她說：「在能力範圍內不違反自己的興趣下，選擇不多。」

寫作，應該是不多選擇中的一個。

（民87年5月11日《聯合報・讀書人》）

# 廖鴻基，洄瀾尋鯨

現在，請你閉上雙眼，想像你正坐在「漁津六號」上，由花蓮港碼頭出海——船隻側傾，從港底船澳轉出，緩緩泊向出入港檢查哨碼頭。堤岸邊，一艘繫岸卸貨的漁船上，幾個討海朋友暫停了手頭工作投射過來疑問的眼光……。（《鯨生鯨世》）

是的，這次出海，不是為了捕魚，而是為了去執行一個鯨類生態研究計畫。船長黑龍以討海人的粗獷幽默形容為：「欲去找喫饅欸！」通常討海人稱海豚為海豬仔，豬仔吃的是餿水，所以他們去海裡找吃餿水的。黑龍，長得飽滿圓胖，膚色是長年海上生活陽光的色素曬場，紫黑色泛著光，自然而然沒有人再叫他的本名「潘進龍」，一個有十七年捕魚經驗的討海人，參與了「花蓮沿岸海域鯨類生態研究計畫」，調查並記錄鯨豚生態，和廖鴻基一起由討海人「轉場」為「尋鯨小組」成員，執行海洋資源保育。魚鏢換成了攝影機，「魚是海洋的天使，我已經成為海洋的天使。」

然後，讓我們把鏡頭拉遠，拉到十二年前，一個搖晃的甲板上，當船——

> 轉出堤防，……出了港嘴，我們不再多話，開始專心一意搜尋旗魚的踪影。第十一天了，海湧伯這艘船還沒鏢到魚。（《討海人》）

改變了一個傳統討海人黑龍的海上行為，因著有點靦腆的廖鴻基影響，你相信那是某種「感化」。但是對由陸地走上海洋的廖鴻基，彷彿呼喚，因為海洋而完整——

> 甲板搖晃不定很難站穩使力，稍一顛躓不穩，往往整個人往紗網撞去，海湧伯老是嘲諷著罵道：「是不是想當一條魚？」有時，我真的感覺自己是一尾上網的魚。

（《討海人．撒網》）

港嘴外就是洄瀾灣——

記得在一個月圓的午夜，我們在洄瀾灣拖釣白帶魚。月光在雲隙間穿梭，海面上幻照著明明滅滅的光點。（《討海人．鬼頭刀》）

三十歲以後才「下海」當討海人，最初答應讓廖鴻基上船當「船腳」的船長江華宗就是海湧伯的原型，是漁民「世家」了，亦難免不解他的行為：「不識路啊？走討海這途。」等廖鴻基在回航的甲板角落記下海上種種，他更是搖頭：「我看全臺灣伊討海最認真！還作筆記！」他不知道自己在廖鴻基筆下成為「海湧伯」，那名滿嘴直統統的討海人語言。他有很多名句，形容有力而清楚。他對要討海的廖鴻基說：「大門開開不要勉強！」隨時可走；夏天酷暑，海湧伯又說：「這款天，來去海底睏卡涼。」捕不贏少年家，他歎氣：「少年郎目睭熾熾，什麼小鼻都看得清楚。」他形容鼓脹的河豚：「一顆地球。」還有：「跟我討一年海，你會溶在海底，你會明白海上的花朵什麼時陣開，什麼時陣香。」

海湧伯「金句」多不勝數，但是有兩句話，可以說「貫穿」了廖鴻基海宿命及未來。一是他問廖鴻基為什麼「下海」：「為著魚，還是為了海？」二是他形容黑潮邊緣的海潮線是「海洋生命線」。黑藍潮水交接處，「發出細微窸窣聲、喟歎聲，似兩性潮水在這裡纏綿交融」。今年六月開始，廖鴻基成立了「黑潮海洋文教基金會」，推動海洋人文、生態保育活動計畫，就是取黑潮為海洋生命線意義。

## 漁津六號・清棍・碼頭・魚市場

討海人生活是一個蠻奇特的焦距，你看見的總是海——船、船艙、駕駛臺、塔臺、鏢臺、魚、碼頭、港堤、檢查哨、魚市場……還有討海人身上的海洋味道洗都洗不掉，一桌海味大餐。當我們企圖重建作家/作品現場更是如此。在廖鴻基的書裡，沒有其他成分，全是海——海的心情、碼頭世界、不出海時為出海做的準備工作、漁夫間的交往……。彷彿船上的塔臺，眺望著他完整的海世界。

我們去的時候，因為沒有事前申請，所以只能在岸上「混」。車子由港口路進入碼頭，廖鴻基和船渠邊的老漁民打招呼：「阿伯！」阿伯：「要出去噢？」討海人的對話。漁津六號靠在碼頭邊，九噸半，可容六個人。黑龍船長去臺南安平港，他買了一條十九噸、裝三十五人「大」船「多羅滿」，葡萄牙人所說花蓮「沙金很多」的意思。小船留在碼頭暫時當道具。他細心收緊纜，方便我們跳上船。爬站到塔臺，這裡是看魚的位置——看魚——

在海面上發現旗魚，是鏢魚的第一個步驟。當別的鏢船看到魚、鏢到魚而只有我們空手返回時，海湧伯會用責備的口氣說：「眼睛全放在褲袋底，一趟白水！」

（《漂流監獄．看魚》）

我站在船頭頂端鏢頭上，一陣暈眩，廖鴻基問：「要不要試試三叉魚鏢？」柳安木、十八呎、三十公斤，我試了試舉起它，鏢桿沒有離開甲板半吋——

走下鏢頭，心底沉靜。我是意外的尋獲一個舞臺，我也明白，這趟鏢頭來回，是我生命中不能回頭的一個尖點。（《漂流監獄・鏢頭》）

離開漁津六號，我們走到魚市場，看見有人正在清理釣鉤、釣絲，那叫「清棍」，每簍繩籃約有五百多門餌鉤被清整齊一個個並排鉤在籃框上，魚鉤上鉤著鰹肉條狀魚餌。清一簍鉤要花三個小時，這工作通常是漁夫的太太在做。

廖鴻基走到清棍者前，交談起來，原來就是海湧伯江華宗夫妻倆，江太太見我們拿著相機玩笑的說：「應該早點通知我們，我好化妝！」旁邊兩個漁民正在剝鬼頭刀魚皮：「這魚都外銷日本，做魚排，真水！」

討海生活禁忌不少，那是另一個場域儀式，整理漁具時，海湧伯最不耐煩講話，更別提告訴你想抓什麼魚——

漁網是一座海上狩獵陷阱，沒有獵人或是漁人願意在捕獵撒網前談論他的陷阱。（《討海人・六月淡季》）

## 清水斷崖．奇萊鼻．新城嘴．和南寺

碼頭邊開了一片粉紅色日日春，直覺告訴我這蠻清新，但是有一個與海爭命的背景，如此忘俗，真的濫情。和海湧伯說了再見，轉進七星潭，遠望到清水斷崖，南邊接連清水斷崖的新城嘴，北邊的奇萊鼻凸露出海。這裡是漁場之一。

在清水斷崖下拖釣鯃鰹。……我仰頭看望路上一輛巴士經過，車窗裡的乘客臉孔竟清晰得像是可以看見他們細緻的表情。那樣的垂直落差感覺上很迷離，如這個季節撲朔的天氣。（《漂流監獄．討海》）

這真像德國導演溫德斯的畫面了。

站在七星潭灣邊望向海洋，沿岸正在施工建堤防，七星潭灣大而深，適合當港口，到處的廢土及俗稱「肉粽」的消坡塊，這條海域線的美麗，無疑是被「處理」掉了。想像七星潭灣裡就有海豚的活動——

七月三日下午一點，我們在七星潭海灣碰上一群斑海豚。（《鯨生鯨世・斑斑點點》）

在海上捕魚多年後，一九九六年六月，廖鴻基收起魚網在海上記錄鯨豚生態。不捕魚的日子，即使觀察鯨魚活動，他們仍然看見海豚送給他們的禮物雨傘旗魚，廖鴻基說雨傘旗魚最怕花紋海豚，每次一碰到花紋海豚，就像一隻受驚嚇的貓把背脊拱起，旗魚則把背鰭張舉在海面上，動也不動，所以船隻往往泊在海上等候——

等待海豚追趕雨傘旗魚過來。雨傘旗魚會被海豚追趕得驚惶失措，背鰭高高舉在海面上乖乖地不敢妄動。船隻開過去，不必追逐，像收受海豚致贈的禮物般從容取魚。

在廖鴻基人生的標的十分清楚，他下海做討海人，實際擁有一切討海本事，以真正的漁夫經驗，「升級」做鯨豚田野調查，集結了一群朋友，他的工作夥伴楊世主就是從學術研究機構「下來」加入「尋鯨小組」，她認為這些真正有「實戰」經驗的漁人才有踏實的、學院所沒有的「真實報告」，不止是一些資料。但是我仍然好奇廖鴻基在海上時如何辨識自己的位置？他說一個是儀器，真正讓他們安心的是岸上的「實體」，他說討海人習慣用視線裡最顯著的陸上標點來定位，有時候是一盞山座高處的燈光，或者不是地名而是形象的「廟仔北」、「山頭仔」、「廟仔南」……，這裡所說的廟是花蓮鹽寮海邊的「和南寺」——

東海岸鹽寮村有一座大廟，廟後山腰上矗立一尊巨大的觀音像，即使在夜晚，神像四周全點上了投射燈，從海上望去宛如一座燈塔。所以這座廟就成了討海人報位置時最常提到的據點。（《討海人‧討海人的話》）

由陸地相反的動線看世界，討海人是不是看見什麼我們看不見的，如「綠光」？有一年廖鴻基出海捕魚——一線晶瑩綠光剔透如玉閃現在浪頭，我感覺那是海洋在告知我們什麼。綠光消失後，兩道灰色背鰭出乎意外的近距離出現右舷海面。一場專門為廖鴻基演出的海豚之舞。

我說：「走！去看你的廟口觀音！」我們到了鹽寮海邊和南寺，觀音架了鷹架整修，修好之後，又是一尊海上指點地標。

想想我們一直也就在海港、沙灘、沿岸來去，離不開海似的。廖鴻基望著海的眼神，彷彿在說——每當眼睛碰觸海面，整個人就會像易溶粉末般漫進水裡。那裡頭有一個祕密：是不是想當一條魚，鯨魚。

現在，讓我們再閉上眼睛，想像「多羅滿」號在下水典禮後駛出安平港、太平洋，向花蓮港開去，她將在和南寺的注視下，衝破花蓮港外洄瀾灣港鼻、進入港渠。一次完美的討海人生演出。

（民87年6月1日《聯合報・讀書人》）

# 夏曼・藍波安，海底獨夫

當德製多尼爾二二八型小飛機下降跑道，滑過風向袋，從窗口望見跑道盡頭矗立的測風儀，蘭嶼到了。

夏曼・藍波安束長髮、趿拖鞋站在出口等我們。今天已經是第二次來機場。倒一副若無其事。上了他不知道哪兒弄來的廂型車，後座拆了，「好放東西。」車子是他一個姪子的，漢名施雄光。正準備回鄉從事旅遊業。

已近黃昏時分，中午一班飛機取消了，「火砲演習！」我解釋早先讓他撲空的原因，這個話題與當下格格不入，但是夏曼一句話也沒有。我感覺常在海裡來來去去的人恐怕這麼沉默，是一定的。

機場門口就是蘭嶼唯一的「平路」，他們都這麼說。有別於海底與山上。在公路右轉，我們往東南方向去，經過紅頭村和大半截八代灣海邊，遠遠望見一大片草原，幾乎已是東南邊盡頭。青青草原到了。當地稱這裡為 kariyan，指很遠的地方。

五月的草原上，仍看得到零零散散成單的野百合，顯然我們來晚了，雖然每年二月到六月的飛魚季尚未過，但錯過三月盛開在青青草原上形成野百合壁的景觀。梅雨季節，大塊大塊山頭頂端烏雲安靜飄罩，雨隨時會落在蘭嶼四十五平方公里島上。

天空盡是烏雲籠罩整個島，並且不停地落著雨絲，這樣的天氣，海底一定是幽暗的。這正是絕佳的時間，去射六棘鼻刀，我想。（〈海洋朝聖者〉）

見我看著山的方向，夏曼淡淡的說：「那是 jipaptok 山，我們祖先第一對男女降落的地方。」

天神拿了一塊石頭，把男孩放進去，再拿一節竹子把女孩放進去。同時從天堂放走來，……兩人雙膝各自生出一男一女，……硬石人、竹女當了祖父、母，……

當時沒有自己的名字，一律稱為tawo（達悟），人的意思。……第五代移居至現在的復興臺地，即紅頭村公共用地。（〈飛魚神話的故事〉）

夏曼的地瓜田就在山腳下。他下到田裡拔地瓜葉：「回去餵天竺鼠。」並且用達悟語和隔壁田裡忙收成的表姊交談：「表姊夫在不在部落？」他「翻譯」給我們聽。好熟悉的一幕。

孩子的母親，下班之後，很辛苦地跟我說：「夏曼，我很想上山種地瓜、種菜了，換你上班，好嗎？」（《冷海情深・自序》）

夏曼看著他表姊的收成說：「那是今年最後一批旱芋，比海芋好吃。」真是，什麼季節都過了。他自己田裡種的地瓜，他很少下田，都下海。「我老婆不上班了，現在她種田！」終於，夏曼那「微胖的女人」也回到了田裡。

我們朝青青草原上走，他說，走，帶你們去斷壁看岬角。他常去潛水射魚的地方。

望得到小蘭嶼。我一路吹起口哨，前方的夏曼突然不耐地說：「別吹口哨，那對我很不好！」我有點明白他意思：「你早不說。」沿途穿過七尺高的茅草，挺割人的。出了茅草區，草地上不意伸出一株最晚凋的野百合身影突然在腳下結束，陡直的岬角壁，我們站在懸崖邊，沒錯。我覺得我有必要趴下，用四隻腳面對下頭「深藍色的恐怖」。

在這個地方的地形四周是隆起的礁石平臺，中間是凹陷的，其中心點聳立著礁石。

（〈浪人鰺〉）

「敢不敢往下看？」夏曼不知語氣聽起來有點揶揄。這仇報得還挺快！我問他怎麼下去的？他手指一處陡坡：「那兒有路啊！」我嘀咕：「那叫路？」我看著他亮黑的皮膚，真覺得他是另一種魚。我還是「勇敢的」伸半張臉出峭壁往下看，海水清澈像望得到海底。約五十公尺岬角對面矗立著一座三十公尺見方礁石小島，和我們平高。「那是jicinba,」頂端有幾株樹，夏曼說，「那是很好的羅漢杉，黑心木。」左前方是三角形 jiisivosot 岬角，意思就是鼻子尖尖的地方。正前方遠遠是小蘭嶼，上面沒有人住，夏曼說：「在這個季節，從那裡划出去，一直到小蘭嶼，可以釣鬼頭刀魚。我們現在都划機動船，我父親他們以前划獨木舟去。」一種傳統的生活也許是最合理的生活。

在蘭嶼的東南和西北的岬角處的海域、在冬、夏兩季分得很清楚。……彼時是冬季，但我正在東南方的平浪與駭浪的交匯處。（〈冷海情深〉）

有天……叔叔、表哥和我三人駕著機動船到小蘭嶼捉龍蝦、射魚。……在我們族人的觀念裡，夜裡的小蘭嶼是四面八方的不同族群的惡靈集會的島嶼。（〈海洋朝聖者〉）

在另一個岬角，上演著同一幕故事。

假若白天、晚上都沒潛水的話，這一天，我就不知如何來消磨時間。站在自己尚未建好的房子屋頂，遠眺 jlangoyna（地名，岬角之意）的海流。這一天的波浪不是很洶湧，計算陰曆，潮流不會很弱，我想，也許我有體能能應付的。（〈大魟魚〉）

天很快黑下來，夏曼另一個姪子開在小坡上的度小月海產店裡，慣性面對著海。夏曼的「微胖的女人」、兩個女兒都到了，兒子看賽球還沒回來，這幾天正是蘭嶼籃球鄉賽大事，每個部落傾巢而出，不下於飛魚季活動。我們沿途看見往球場去的人，夏曼就半路「撿」了個看完球賽搭便車回去的小孩。我們的「車苦主」施雄光也到了，原來是那麼年輕的男生，在中正機場有個高薪工作，現在回來想在蘭嶼發展「人文觀光」，地址都有了，一個空了多年的房子，屋主將房子借給他，他花錢裝修。我有個經驗，天越晚的時候，這張桌子會圍來更多的蘭嶼男士，這是一種部落民族的生活方式，他們彷彿聞得到歡聚的氣息。夏曼說：「起風了，等會兒會下雨。」雨果然來了。沒有人動，根本不怕雨。海的子民。

一旁不知道哪裡來的觀光團，看蘭嶼婦女傳統舞蹈表演。喧鬧與歌聲在黑夜被海面吸入。

> 從小就有的觀念，即是黑夜來臨便孤魂野鬼的晨光，要不是有月光的照射，小孩便早早的回家睡覺。耆老們經常說的一句話，現在的海域不如昔日乾淨了，有太

多外來的觀光客以及一些酒鬼溺死在海裡，他們都想找替死鬼。（〈冷海情深〉）

夏曼明天清晨要出海去釣魚，划自己做的獨木舟。送我們回去經過吉樂朋平路海邊時，他指著他的船給我們看，沒有月亮，但是海面回射青藍色的光，反照他的和旁邊的獨木舟四周，海浪嘩嘩，沒有阻礙的天空變得碩大無朋，回到盤古開天以前，也許蘭嶼的子民真的是神仙的後代。我們道了晚安，同去的攝影家張良綱和他約好明天跟他一起出海釣鬼頭刀魚。

但是第二天夏曼沒有等張良綱就出海了，良綱趕上目送他們船出海，他在岸上哇哇大叫。夏曼根本不理他。這個海底獨夫。

矮小的堂哥說：「弟弟，別跟大海逞強，有那麼一天祖靈會拋棄你的，在波浪下。」原來在海底的英雄表現，且自稱「海底獨夫」的我，在親戚的嘴角沒有半句是歌頌我的。（〈冷海情深〉）

施雄光來載我們去逛，指著遠遠海面上，一條大船邊靠著三隻小船：「那就是夏曼他們。」我用照相機鏡頭看見他們停在海面上動也不動，真不好玩。施雄光問我們去哪兒，我說蘭嶼國中吧。「到蘭嶼國中教書，是回鄉後的第三件差事。每星期二的下午，我沒有課，所以經常偷偷地溜出學校射魚。」看這光景，這輩子夏曼會不會有第四個差事難說。我們正趕上學校升旗典禮。

聽著國旗歌，我站在那兒揣測夏曼溜出去射魚的感覺。

牠來了，我的槍身隨著牠的移動而移動，就在百分之百的命中機率下，如鉛筆粗的鋼條，無音的，也沒有水花的，準確地貫穿牠的頭部，牠連掙扎的機會都沒有。就在射出的那半秒，環繞在四周的小魚兒彷彿火焰般地爆烈，各自逃竄保命。（〈冷海情深〉）

東清國小代課，是夏曼返鄉的第二件差事。我們在往昨天東南方向，經過夏曼每次去學校的路和當時他所觀察的潮間帶長滿野花，像插在珊瑚礁石上。

在上學途中，每次都觀察漲潮、退潮時海流的流向，……何處的礁岩可上岸，……漸漸熟悉潮間帶的環境，並且慢慢有了信心。（〈海洋朝聖者〉）

接近十點半，我們正在夏曼部落漁人村與夏曼的一群朋友聊天，都是昨晚見過的，只有一個卡斯瓦勒（意思是冬天不怕冷的人）打著赤膊，留紅色長髮，皮膚也是紅褐色。長年都這打扮。我發現這裡的男人幾乎頭髮都是紅色，海水和陽光漂的。「他們回來了！」有人喊道。我們立刻下到海灘，迎接他們，清清楚楚看見他們的划船動作。

海流流過了我的船底；波波的浪花亦在四周不規則的宣洩；船承載著我追求傳統之社會地位意志。（〈飛魚季〉）

就在離海灘十公尺處，三條船船尾朝岸邊，排成一條直線向岸上來，彷彿儀式，「他們在表演！你要我哭啊！」良綱感動的說。

三公里、兩公里、一百公尺、十公尺……，越來越近陸地，父親和迎接船隊的長老們早已在海邊談天……猜測第一位回航的船員，但願是帶給族人好的消息。(〈黑潮親子舟〉)

大家幫著把船抬到沙灘上。夏曼一下船就心情不好：「一條魚都沒釣到。」看樣子，我昨天吹的口哨，是對他不好？想來等會兒沒戲唱了。走在他身後，看他這些年來把自己交給大海曬成這麼一身赤褐色，包著他的內在心靈，他是怎麼想的選擇這樣的生命。望住他的背影，知道他並不一直是那麼若無其事。「幾年來，我已把自己的一些靈魂交給了海神，而心臟的跳動由自己來控制。」是的，人稱蘭嶼一獨夫。

沒有釣到魚的夏曼，更散散的，他走到一個老人正在吃飛魚的涼臺便坐定不走。涼臺、吃飛魚、聽老人講故事，三樣都是他最愛的。在抽身送我們到機場後，又立刻回去繼續聽故事。飛機起飛，jipaptok 山脈在機身右邊，彷彿聽到夏曼說：「不出海船釣、潛水射魚的男人，往往被視為海洋的棄嬰。」是的，蘭嶼遠了。

(民87年6月22日《聯合報・讀書人》)

# 張誦聖，臺灣文學西行推手

每次與在美國德州的張誦聖聯絡，常常把時間給換算錯誤，有次害她半夜一點多接到我的電話，無聊的我只有一句：「書評寫好了嗎？」像抽象派畫家對付所有的問題：「你見過一條河嗎？」

事實上，作為一位在美國德州大學亞洲研究所及比較文學系的教授，多年來選擇主要以英文發表論文，識者皆知張誦聖的「功力」；但弔詭的是，她的英文論述內容完全為臺灣文學生態、作家研究，因此，我們可以想像，她的受注視現象，大約就像傅柯反向之於臺灣菁英文化小圈圈間流傳。

九一年張誦聖完成了一本她自譯為《現代主義與本土頡抗——當代在臺灣的中國小說》英文論著，九三年由杜克大學出版社出版，內容為論述現代主義小說家王文興、白先勇等作品的美學觀念、藝術形式……，正進行中譯，書名將改為《現代主義的現代小說》，她笑說：「好懂多了。」

因為常把她半夜吵醒，難免愧疚而「幻想得罪了她的學術威權」。竟然不是那麼回事！面對其人，這位眷村出身、懂得尊重是什麼、有條理到像個大姊姊的女性學者，爽朗的笑聲及流露出的理想性格，你突然明白，這些年來她為什麼要選擇留在美國及用英文發表臺灣作家/作品研究論文。她舉例，現在外國對中文創作較感興趣，交流相對頻繁，如介紹中國文學目前較大的出版「案子」有三個：英國羅特雷吉出版社的《當代世界女作家人名錄》、美國哥倫比亞大學的「二十世紀中國作家」、澳洲一大學的「當代女作家生平」。這些出版計畫在國外的大陸學者人數漸增，臺灣出身學者相對減少的情況下，涉及臺灣文學部分，如果不積極參與，便很容易失去機會，或發生比重偏低、選擇不適當、重要代表作家被遺漏等狀況。面對這樣的可能「誤陷」，當她有機會參與哥倫比亞大學譯介臺灣作家作品導讀部分時，張誦聖覺得若限於名額只能介紹幾位作家太狹窄了，於是她想出做一個七〇至九〇年代綜觀臺灣作家作品導讀，可以包容較多名單。事實上她強調引介臺灣文學不能輕言退出背後，於她，那已是長期的付出。

但是關懷臺灣文學是急不來的，重點之一，就是「拿出著作」。所以，她現在全速進行臺灣文學生態改變與商業流通關係的論著。這項研究為她拿到蔣經國基金會兩年研究經費做的題目，她一直對「以文學為中心的文化生態改變意識形態、主流現象」非常感興趣。這是個大課題了，非得有點傻氣、紮實理論基礎，才做得來吧！也許，爽朗的笑聲是在較少中文的異國生出來的另一種語言吧！

在國外學術規格裡浸淫久了，張誦聖覺得與她為臺灣作家寫書評很不一樣。她的中文評論最早八〇年代初寫王文興、八八年一篇綜論介紹臺灣文學，近年寫過朱天文、李永平、袁瓊瓊、朱天心、蘇偉貞等文評。有人建議她整理出版，否則她用心推介臺灣文學出去，在臺灣文學界卻如此缺乏回應，的確不太平衡。反而她一點都不在乎，她能享受中文書評刊登出來時回應的快樂，亦能安於以英文推介臺灣文學的「沉潛」趣味。

最後，以下這個故事或能說明一向我們以為學者的冷漠、無生氣觀感，放在張誦聖身上是一項錯誤。民國六十三年，軍中發生一次慘重的空難事件，包括于豪章、苟雲生、張雯澤等高階將領的傷與死亡重創國軍，張雯澤就是張誦聖的父親。張誦聖說她那年剛出國，最需要家人支持時期。是怎麼樣一種堅毅個性，成就她今天這樣的豁達？她大聲笑、帶點男孩氣、是個所謂的外省人。那又怎麼樣？這一切看似不太「主流」的組合，在推介臺灣文學到外國時，變成不是她的問題。臺灣文學界恐怕欠她一些掌聲。

（民87年7月6日《聯合報・讀書人》）

# 白先勇，永遠的臺北人

時間，是白先勇小說中最重要的主題。而無常，一如早春的臺北，繼續注視著小說家如何安置它。錯置的時空，成就了白先勇小說最迷人的情調。有人會說，這就是歷史，而以書寫的流轉角度來看，我們要說那是一次次進行與生命儀式的對話及尋父記。

從一九五八年白先勇在夏濟安等人創辦《文學雜誌》上發表第一篇小說《金大奶奶》及與早期以〈謫仙記〉開篇鋪架成書的《臺北人》（這花去他六年時間）、留學生活第一篇作品〈芝加哥之死〉開始，貫穿此段寫作期的時代背景是五〇年代文學由政治脫胎、特殊群落知識分子的放逐。緊接著是一九七七年，隨著《現代文學》的復刊，白先勇交出長篇小說《孽子》，自一九七一年一月《臺北人》最後一篇〈國葬〉在《現代文學》發表，白先勇近六年沒有發表任何作品。為白先勇寫評傳《悲憫情懷》的劉俊認為，《孽子》在體裁（長篇）上對白先勇是一次創新，但在題材上它倒像是一種回歸。事實上，〈玉卿嫂〉的容哥兒和慶生，〈寂寞的十七歲〉中俊秀的楊雲峰造型等篇，在在流露他感受世界裡最深沉的敏感，歐陽子就重點指出，那是作者對無法長保青春的萬古長恨。

及至一九七九年〈夜曲〉、一九八六年〈骨灰〉，為受到大陸文革衝擊所作的反思。白先勇說，那是對看不到明天的中國文化的追悼，他強調《臺北人》為追悼一個舊時代，〈夜曲〉、〈骨灰〉是《臺北人》的延續。回復劉俊所談「回歸」的題材這觀點上，〈夜曲〉中學人回大陸建設受到致命摧殘，是在「反悔」的悖論基礎上展開。呂芳回去了出來，吳振鐸沒回去然而心存回去；〈骨灰〉中羅齊生由美回大陸尋找父親的骨灰，及大伯羅任重、表伯龍鼎立在對各自的政治信仰忠誠之後，他們到了美國，歲月潦倒，面對一個共同的問題：死亡，這樣的議題，刻畫著他們的遠走異鄉，等於對忠誠背叛。然而自一九八六年以來，白先勇這樣的思索停了下來，是有了答案嗎？

白先勇稍加思考，坦率道：「答案還沒有。」〈骨灰〉是明寫對忠誠的反證——大家都白白忙了一場。從《臺北人》以降，他的小說中占了很重要的地位，表現方式上，時間分兩種，一是表現歷史的改朝換代，二是比較宗教性的無常。跟隨著時間走，面對議題的思索，一切都是突然與必然，是答案也不是答案。他坐直了身子笑聲清亮：「我有一腔的故事還沒寫呢！」而這些對青春、命運、家國的思索雖還沒有答案，但他指出時代的轉折，從屈原、杜甫以來，政治、國家觀都是很重要的。走過的路，有意無意的左右方向與思潮。

難以忘懷的過去，一腔的故事，白先勇視角的選擇，往往側重於「再不快寫就要成為過去的人物」上，歐陽子稱之為「命運」。〈歲除〉中的劉營長、〈梁父吟〉中的王孟養等人、〈遊園驚夢〉中的錢鵬志與鄭彥青的比照，無論是對男性陽剛的歌頌或對過氣英雄的同情，從《臺北人》時期到中期《孽子》到〈骨灰〉，「父親」的形象，一為象徵威權崇拜，更代表了道德規範。不僅僅擴大了白先勇所說《孽子》是一篇尋父記，天下間有無數孩子在找爸爸的尋父圖騰，更使得白先勇在現實生活中的自我性向誠實。一九八八年四月，白先勇在接受*Playboy*雜誌訪問，提到「什麼時候發現自己有同性戀的傾向」，他說：「我想那是天生的。」令人印象深刻。更直指白先勇目前正在撰寫的「父親白崇禧將軍傳」基調。這樣的題材等同印證了白先勇小說中的男性關注及「寫作是非常自我、私有的志業」之姿。

白崇禧將軍一生家國，白先勇出生前父親已完成了北伐，是他一生無法脫離的人。父親對他最器重，書寫、聆聽父親已成為白先勇在個人生命最重要的完成。他說：「我父親對我而言是一個英雄。」但是小說最重要的發生完成了嗎？白先勇鄭重而令人意外的說：「傳記方面有我父親的傳，散文方面〈樹猶如此〉（《聯副》一九九九年一月二十四—二十六日）寫至友王國祥。小說還沒有，想說的話還沒講出來！」

而作家的出版命運又如何？從一九五八年發表〈金大奶奶〉以來，一九六七年第一本小說《謫仙記》由文星書店出版，白先勇提到一個插曲。文星那年同為白先勇出《謫仙記》、王文興出《龍天樓》、歐陽子出《那一頭長髮女孩》，文星把這三本書放在櫥窗裡展示，第二天文星就倒了，文星當時的負責人蕭孟能到現在都還感歎他們這三本書是「關門之作」。至於距一九九四年散文《第六隻手指》出版已五年，更談起為什麼八三年《孽子》之後，這麼久沒出小說集？他哈哈大笑：「很簡單，沒寫！」事情到了他這邊，必須經過一段沉澱，像是至友王國祥過世六年他才寫出〈樹猶如此〉。

其他如《遊園驚夢》、《臺北人》、《寂寞的十七歲》、《孽子》也都有各自的身世。《遊書最早一九六八年由仙人掌出版，七〇年晨鐘出版，八二年遠景出版，《臺北人》七一年晨鐘出版，八三年由爾雅出版，《寂》書七六年遠景出版，八九年允晨文化印行，《孽子》八三年遠景出版，八九年改由允晨印行。這樣的出版命運對我們這個時代彷彿仍是個諷刺吧？白先勇亦覺察到他「就這幾本書嘛，應該集中在一家出版」的思考。我們期待的是，在已有的〈夜曲〉、〈骨灰〉基礎上短期集結出書，接續白先勇這一時期的創作星圖。

從五〇年代到九〇年代世紀末；從中國大陸、臺灣、美國，書寫的場域聯繫著白先勇一生，也貫穿多少閱讀的心靈。我們很難想像沒有白先勇小說的成長。如今白先勇人在臺北，問起身為小說家的文學觀，他說：「最終的關切還是人性！」這應當是無論臺北人、紐約人、東京人全世界的終極主題吧？

（民88年3月15日《聯合報・讀書人》）

# 朱天文，正視歲月，瓦解時間

一九九九年三月二十一日，小說家朱西甯過世一周年，朱天文回憶起「同業兼女兒」一場，那樣的空間成之於——似乎八〇年代以後，父親與其作為小說創作者，他選擇了去做一名供養人。……父親把全部空間讓出來給我們，……。

這樣的告白，讓熟悉於將文壇「朱家班」視為整體觀之的讀者，有了較明晰的作家地理方位。一個獨立的作家身分，不再背負著「三三」、「張腔胡語」……的集體意象。

從一九七七年第一本小說集《喬太守新記》於二十一歲出版後，《淡江記》（一九七九）、《傳說》（一九八一）、《最想念的季節》（一九八四）、《荒人手記》（一九九四）……，袁瓊瓊以作家之眼，指出早期收於《最想念》的〈伊甸不再〉，犀利明快，有前所未見的豁達。但是王德威所說：「《世紀末的華麗》才是朱天文更上層樓之作。」評語，標出了朱天文長程創作最清楚的個人路線起跑點。到了《荒人手記》，則「在所多瑪的廢墟上，重建她的（文字想像的）神聖殿堂」（王德威語）。

然而就在《荒人》以肉身見證愛欲情緣，論者多有「猶存一絲天真的自戀與莊重」（王德威語）評析時，父親的過世，我們在朱天文發表的紀念文章〈揮別的手勢〉中，看見了簡潔有力，不同於以往的文字風格，卻又那麼回溯至〈伊甸不再〉時期；而其中對生死悲哀的思考與沉澱，卻有著更往前走之姿，一種新的面貌。朱天文終是一個整體書寫家庭的一分子。

一九九四年《荒人手記》出版後，其間朱天文僅有的創作是為電影「海上花」及出書做文字「總監」，小說，整個荒廢了。對於這樣的狀態，天文也覺得急，她說：「人生苦短嘛！」她表示在處於壯年時期，在面對「感官退化、體力漸衰，創作力一定會減弱」來到前，還是得趕快寫：「四、五年沒寫了，完蛋了！」是真急。

新的長篇名字已經想好了——《瓦解的時間》。問起是什麼內容，她笑了：「說不出主題！就是過日子的想法和沉澱。」在父親過世這一年，朱天文很多感懷，東讀西看，這種種，她已經在《瓦解的時間》寫了個開頭，這本書打算寫十萬字，「就是寫一本書！」

她說。相對於寫作史二十餘年，唯一的長篇小說《荒人手記》，這樣的寫作指標，應該有個更完整、強烈的表現。也不禁讓我們再度回到一個好奇的視角，由一個寫作家庭來看這樣的一位作家生命長成，如此之「頑強」。正視歲月，在時間中瓦解並重建成為個人。

朱天文詫笑又正經（多麼地「朱家班」招牌語氣）答道：「我們全家都很硬，都不肯以弱示人。譬如你生病了，家人反應就是『怎麼會這樣？』你會自己去看病，各自料理各自的一切！爸爸在時就這樣。」各自處理自己的一切，父親去世之後，她和妹妹天心都想，以父親逝後大家的表現，如此一直節制，天心問，會不會有天一發不可收拾，號啕大哭起來？各自料理習慣和書寫終至形成朱天文的創作宿命。

一九九九年四月十五日，美國哥倫比亞大學出版社將出版朱天文《荒人手記》，由葛浩文英譯。這個譯介行動，由哥倫比亞大學東亞系系主任王德威籌劃，與蔣經國基金會合作，計畫系列推出臺灣作家作品至西方國際舞臺，已推出有鄭清文《三腳馬》。朱天文將應邀赴美參加新書發表會，五月回來後，朱天文語氣肯定：「要專心寫這個長篇了！」

寫《荒人手記》曾花費朱天文整整一年時間，幾乎足不出戶，專心盡力的程度非職業作家不能夠，這部書將她推上一個新境。

（民88年4月5日《聯合報》）

**後記**：已經開頭的《瓦解的時間》寫著寫著，二〇〇二年九月已改名《巫言》，寫了十萬字，問她急不急，她說：「就慢慢寫吧！」已經脫離了焦慮的狀態，小說，恐怕真是急不來的。

# 李渝，感傷回家

注視李渝的文章，感覺上另一頭永遠縮繫著一個人或者一段時間。而那樣的主題往往因著某種成分的感傷。

一九九一年，李渝出版了《溫州街的故事》（洪範版）短篇小說集。系列故事裡，從大陸來臺的大學教授、小女孩阿玉、奶奶，老師由研究室被帶走的政治事件，和下女搭上的夏教授，遙遠的巷底敲起的梆子聲……溫州街所賦與的書寫，李渝表示：若有其他不標明「溫州街的故事」，也都是溫州街故事的延續。而在一般讀者眼中，《溫州街的故事》附錄收了兩篇文章，記述了兩位父執輩郎靜山、臺靜農與父親歲月的聯繫，愈發予人溫州街故事由生活晉級生命的旅次，如此之悠長集中。這樣的集中命題，不意反映在李渝的第二本短篇小說集《應答的鄉岸》上，這本李渝計畫中的下一本書，收入李渝一九八三年《中國時報》小說首獎〈江行初雪〉和大學時代的最早作品〈夏日．一街的木棉花〉、〈水靈〉，由一九六五年寫到一九九六年的十二篇短篇。某些趕得上《溫州街的故事》出書前發表的作品，卻並未收在《溫》內，以另一個統一的面貌收入了《應答的鄉岸》。

李渝表示《應》書與《溫》書寫法不太一樣，《溫》實驗多一點，《應》文字比較直述，敘述風格不太一樣。如此多年如此少的作品，在李渝這邊說來，卻是「寫作變成生活的一部分」的明證，「吃飯睡覺也是生活，是比較普通的層次。」寫作對李渝來說是回家，一個心理的樂園。生活經驗越多，挫折感越多，把寫作當成一個重心，她提起自己的本行——藝術史：也就是趙無極的「趕快回去畫畫」那種本體。

但是，回家不是回到一種過去。對於風格不太一樣的寫作，關於〈夏日〉的純摯，李渝認為「後來寫的多少都戴上了面具」。然而已不太可能回到那樣的天真無邪，那是一種失落，有些東西丟掉了，別的取而代之。純樸的特質是樂園的東西，沒有欺騙，「走出去，樂園就沒了，那是失樂園裡的東西！」李渝的先生，小說家郭松棻這麼說。

這樣安定回家的生活，一九九七年六月，因著郭松棻的突然中風，有了重大改變。李渝有一段時間「以致精神崩潰，經歷種種地獄般的治療而再回人間」。失去了一切動力的小說家，穿過蔭谷，今年四月十一日，李渝的散文〈風定〉刊在〈聯副〉，記下病中的心理與生活。但是我們在散文中，看見李渝自白「連日常生活像吃飯買菜等，現在的我還不能應付呢」。生活被擊碎了，作品裡卻充滿了郭松棻看出來的一股「貴氣」，李渝的文章，無論是《溫》書系列，或印象中的〈江行初雪〉等篇，絕無世俗與世故氣息，關於生活中某些「有用」的發生，李渝無異是跳過去寫別的發生了。

系列的散文將記錄著李渝另一次由失樂園「出走」，但卻是李渝最貼近的狀態。對她來說散文比較「平靜」，小說製造一些東西，戲劇性，多些機關，詩更是經過了多次扭曲。散文往往自然由筆下流動，以前的她會寫些論文，覺得散文沒什麼好寫的，現在的李渝會開始寫「不會攪在裡面」的平靜散文，卻仍然跳過一部分現實生活，也許正有著她所說，「把擊碎的生活收拾起來，努力再走進生活」用途，現在的李渝，應當是在拼湊一些被動亂的日子，而非生活中被打岔的部分，那些瑣瑣碎碎的發生。

失去了的樂園，應該是永遠走不回去了，但是，對一位從來不會自問「為什麼寫作」的作家而言，有一個家是隨時被等待回去的。那被稱之為「作品」。

（民88年4月19日《聯合報・讀書人》）

# 歷史小說圓桌誰來坐？

一九九二年六月六日高陽以七十之齡病逝臺北榮總。這位杭州橫橋之子，入院前正著手在《聯副》推出自五十三年以來從未間斷連載新的歷史小說《蘇州格格》第二部《風雨江山》。

高陽的逝世，可以說重創了臺灣歷史小說生命體。

相對於臺灣與高陽同輩的歷史小說家，如畢珍、南宮搏等，高陽「濃厚的考據癖與窮究史實的熱忱」（楊照語），無疑使得他的作品更豐富。閱讀流布之廣，於華人社會大眾文化圈中，素享「有水井處有金庸，有村鎮處有高陽」之譽。而高陽早年是位「現代」小說作家，出版有《紅塵》等小說，後來在四十二歲以《李娃》開始二千五百萬字歷史小說寫作生涯，且獨鍾清史，其實與家世在前朝之烜赫有關。譜名許鴻儒的高陽，高祖許乃釗官拜江蘇巡撫；許乃恩任官山東，三女嫁禮部尚書廖壽恆，五女嫁直隸總督陳夔龍；叔祖許庚身歷任軍機大臣、兵部尚書、吏部尚書，次女嫁張元濟；許鈐身任欽差大臣，出使英國，隨李鴻章辦洋務；許佑身任山東、揚州知府，六女嫁俞陛雲（作家俞平伯之父）等。不僅家族興旺，而且架構起龐大的姻親圖系，鋪寫了高陽「野翰林」背景與寫作方向。《慈禧前傳》、《玉座珠簾》、《胭脂井》、《瀛臺落日》等清宮系列與《紅樓夢斷》四冊——《秣陵春》、《茂稜秋》、《五陵遊》、《延陵劍》；《曹雪芹別傳》、《三春爭及初春景》、《大野龍蛇》洋洋四百萬字紅曹系列，是高陽歷史小說的重心，而又以對曹雪芹的身世大書特書，將重點擺在曹雪芹寫《紅樓夢》的前因後果，更提醒讀者「絕非《紅樓夢》的仿作」。曲筆寫文豪，不無身世自況之味。高陽曾謂：做學問亦須有情，對讀者而言其閱讀難度與趣味並溶，是作家蔡詩萍所說：高陽以小說造史，使一般讀者閱讀過程中，不免要為許多並不熟悉的清代社會當時脈絡叫苦，有時卻又相當喜悅於能經由這樣的小說閱讀，一窺當時社會真實重構。

高陽與曹雪芹與《紅樓夢》與賈寶玉，其實有著比曹雪芹是不是賈寶玉更清楚的意圖。高陽指出「《紅樓夢》中，雖非全出於曹家，但確為當時貴族生活的忠實寫照」、「曹雪芹和他的小說，被人說得最多，被人了解最少」、「曹雪芹絕無理由做個謎讓人來傷腦筋」……高陽服膺「拿證據來」教條，因此他筆下的人情世道，不僅浮現當代，更實深入曹雪芹身世鏈。在在教讀者看見曹雪芹及舊時生活。我們以為那是高陽將自己重建於《紅樓夢》土之上。

高陽從「歷史小說圓桌」退席已八年，日前因著彼岸二月河歷史小說及改編連續劇「康熙大帝」、「雍正王朝」、「乾隆皇帝」的「熱火朝天」，及奧斯卡金獎影片「莎翁傳奇」附麗於莎士比亞正史之下出入於中世紀，仍炫人眼目，打動無數觀眾；二月河的《有清一代》，動輒一百三十萬字以上，而讀者不厭其長。

種種現象重燃歷史小說的話題。我們不禁要問，斯時斯地，新的歷史小說寫作者何在？

目前手頭上正有以太平天國歷史為背景，進行創作的張大春；曾寫《少林英雄傳》、《龍虎山水寨》的郭箏以劉邦為主角的歷史小說開筆，兩者皆顯露了一種可能。若循小說家楊照所說「不讀史、不考史而想要寫歷史小說，畢竟是件不可思議的事」來看，張大春與郭箏的「高陽傳人」及「可信賴」身分值得加分。

張大春與高陽情誼父子兼師友，張大春想寫太平天國早在七十七年就與高陽有過「舊議」。高陽當時提出「大可不必」之語，他說：歷史小說之可貴，在於歷史人物之可愛。而洪、楊之徒，豈有可愛之處？高陽更明示：值得入小說的歷史人物，大抵不外聖君、賢相、良將、高僧、名士、美人六者。

但是張大春不死心，十年過去，仍堅持寫太平天國，只是將重點重放在「與太平天國有關」上，而非洪秀全、楊秀清「之流」身上。篇名都取好了──「武林外史」。

至於郭箏獨喜劉邦的「流氓性格」。劉邦來自民間，自有一幫民間朋友，是這幫流氓氣友人助他打江山，天下既得，朋友散去。郭箏很貼近這樣的常民色彩與生氣十足素材。顯然亦不符高陽的六大人物。但郭箏身為政論家陶希聖孫子，家世背景影響，於歷史素有陶染，對「腦後有反骨」之士，更情有獨鍾。長年收集資料之多，當使郭箏「出手可信」。

新一代歷史小說家重新銜結高陽小說時期，再續另一番「村鎮處有高陽」功業，演化小說家寫歷史肌理，如端木蕻良寫《曹雪芹》、姚雪垠寫李自成，應是讀者最渴望瞧見的美景。世事多淆惑，尋常百姓思路碰壁，回到一個舊時、充滿合理人情故事、無傷的往昔，其「拭目等待」殷切之情，恐非動輒祭出政治社會功能——「以史鑑今」層次，可以解讀。

（民88年5月24日《聯合報・讀書人》）

# 病中書

作家朱西甯於八十七年三月二十二日因肺癌引起呼吸衰竭病逝。之前八十三年五月朱先生曾檢查罹患膀胱癌接受治療後良好，面對診斷結果，朱西甯聆聽醫療構想時，只「漫不經心的感到排隊排到而已……安然相忘於悲歡」，但是亦為作家的劉慕沙、朱天文、朱天心、朱天衣「妻女四路發兵去探尋名醫」，失措之情，可以想見。兩年後，朱天衣猶如驚弓之鳥，撰文〈午後〉回溯，文中朱西甯一逕地「從開始便安靜極了」。倒是朱西甯出院後詳細描述病前癒後曾寫成〈膀胱記〉，主要記錄癌症患者「輕巧過關」種種，原意在「公之於世，或有助於談癌不必色變」，兼感恩良醫。後來朱西甯考慮追蹤檢查須三年以上，「害怕一旦舊病復發，不免謝恩謝得早了或者白謝了」，天衣文章在〈聯副〉登出，驚動不少人，朱西甯為了止息，寫下病發心境及始末〈膀胱有言〉發表，文中提到卒於胃癌的老友——詩人盧克彰「唯一擔憂的末期癌痛承受不起」情況。〈膀胱有言〉充滿感恩及見證，朱西甯在文末衷心表達「只因膀胱有癌，所以有言；實是一場言之不盡的美好經驗」，平靜、達觀、無懼之心溢於言表。不意四年後，小說家不敵肺癌結束了美好生命，所留下五十五萬字長篇小說《華太平家傳》為朱西甯近二十年來、三度易稿之作，可以看出作家在病前、病中、病後的終極生命目標。朱天文提到，甚至作品在被蟲蛀得丟棄，朱西甯只淡然地說：「也許是上帝認為我不夠好。」朱先生的從容面對，到底緣於何者？神祕的力量來源。

這樣笑對惡疾，以文字鋪寫「病書」，提供完整的發病及克服資訊的例子，是李良修的《走過帕金森幽谷》。李良修是化學系教授，在三十七歲罹患帕金森病前，專長無機化學的背景，恐怕是寫作最佳的絕緣體，但是真實的特殊經驗，卻是寫作最好的觸媒，一九九〇年底李良修被宣判「你得了帕金森病」，活在帕金森陰影中八年後，集合己身的無助、了解、醫療階段，對李良修而言，那是一個迷路的過程，李良修的科學訓練幫助了他，他決定擔任帕金森病的業餘導遊，他將手邊資料作有系統的呈現出了本書《走過帕金森幽谷》，這是本「地圖」，對去到帕金森陌生之城的病人，可以有導覽的功能，但李良修特別強調此書「不是醫療手冊」。帕金森猶如幽谷，李良修在病中為了能多盡點父親的愛接兒子放學，特別吃一顆左多巴克服身體僵硬，可以想像，寫作的難度與意念，使得我們看到的是一本勇氣與愛、知識精描細繪出的「地圖」。

寫《唐吉訶德》的塞萬提斯曾經歌頌睡眠——它像斗篷般將人整個遮掩起來……如同寒冬裡的溫熱，溽暑中的冰涼，它是全世界最廉價的快樂。

寫《大亨小傳》的費滋傑羅是名憂鬱症患者，曾經以文字描述自己深陷憂鬱的煎熬——失眠的夜晚令人不堪，夢魘反像是唯一的生機。

睡得好、活得興味的人是永遠不可能知道失眠及憂鬱的痛苦吧？當夢魘至少代表你還淺淺睡了一會兒的時候，作家或非作家，以文字構建地圖，深化生命行經路途寓意，於字裡行間流露坦然面對生命噩耗傳來的智慧形貌，那終究是上天已經拿去身體而永遠留存了下來的屬於心靈的尊貴。

這樣的勇氣之書與文，確是一張世界地圖。

（民88年5月31日《聯合報·讀書人》）

# 李良修，走過帕金森幽谷

對照李良修三十六歲以前的人生，這位中山大學化學系教授事實上充滿了「隨性」，他寫「醜得有個性的字」，跟著博士學位的指導教授換學校、拚命的運動——壘球、重量訓練、網球、回力球、高爾夫球、保齡球、游泳……，甚至拖到三十二歲才結婚。

但是這一切隨性（或者他稱之為「生性懶惰」）在一九九一年結束了，他身體裡的節拍器故障了，他的身體被一個「簡單的答案」凍住：帕金森病。

在這個簡單的答案來臨前，他一直努力在使用他的身體，釋放能量。這位專長無機化學的科學家，原本對自己的身體是比較遲鈍的——玩撲克牌辛苦地用右手翻牌、兜不攏芭比娃娃的馬車，無法用右手控制油門、跑步時抬不高腳……他都不太明白出了什麼事。節拍器壞了，但是他的身體現在卻比任何以前都敏感，不論體會自己或觀察別人。

病發後在尋找一個生活平衡點的過程同時，他的兒子出生、妻子辭工做全職主婦的經濟壓力、教學工作的無奈……，生命失去了節拍器，但也多了一些與帕金森病搏鬥或者說和平相處的病史心得，形成一股動力，那就像彳亍獨行幽谷，是《聖經》裡所說：「我雖然行過死蔭的幽谷，也不怕遭害。」

一九九八年，李良修動手寫《走過帕金森幽谷》，決心擔任帕金森病的現身說法導遊，在「到此一遊」的敘述中，我們清楚看見一位帕金森患者的智慧，他在生活中找出路，他如何「配」藥，靠著服用左多巴來協調家庭關係與教學研究。他一個階段一個階段的行程表的開始與退守，唯一「寧死也不放棄」的閱讀，也因為病況的惡化坐也不是、躺也不是，甚至病發時雙手顫抖得字都晃動不清的情況下，必須改變。

唯一沒有改變的是李良修的價值觀，他的信仰一直十分堅強——「家庭比社交更重要」、「靈魂的昇華比身體的敗壞更有力量」。他甚至還是那麼「愛哭」，帕金森使他更容易哭泣，受難的小朋友、空難、悲劇電影都會使他流淚，一九九三年六月他第一次為帕金森哭泣，九八年病況急遽惡化，藥效一退，內心的恐懼與身體的僵硬排山倒海之勢，更使李良修淚如潮水。現在，他說，哭的情況並沒有改善，但有一點，他不再為帕金森哭，吃藥可以幫助他控制身體的開關。

現在，李良修已經成為一名很優秀的身體「配藥師」，譬如他在教一個學分班上課前，他會先吃一粒一百毫克長效型的左多巴，再搭配一般型五十毫克的左多巴，四小時課下來，他吃二百五十毫克的左多巴，教學的品質便得以維持。

寫完了自己的帕金森病史，現在生活中，除了指導一位博士班學生「金屬配位化合物的反應動力學」研究，基於生活必須有目標才較容易使生命的節奏定位原則，李良修表示，今年暑假他打算回歸本行，把過去的研究成果寫出兩篇英文論文發表；此外就是不脫喜歡知識的性向，他計畫實行一直以來就想寫的一本書《邁向二十一世紀的黃金路》，主要談現代人應有的科學素養。

根據統計，帕金森病發生的比率約為千分之一點五，發病年齡在四十歲之前的只占千分之一點五中的一〇%，身為這千分之一點五的人口中一名，李良修說的是「生命是個精緻的寶盒，但我們也必須接受所伴隨的脆弱」。

（民88年6月14日《聯合報·讀書人》）

# 還原吳爾芙

一九四一年三月二十八日，英國女作家維吉尼亞・吳爾芙（Virginia Woolf, 1882–1941）留下兩封信，她說又開始聽到「可怕的聲音」，覺得自己一定又要瘋了，「不能再經過那麼可怕的日子，而且這次是好不了的！」口袋裡裝進大石頭，她在奧斯河岸遺下帽子、手杖，決絕地自沉河底，結束了五十九歲生命。

## 布魯姆斯伯里文藝圈——思路初啟

吳爾芙自一九一五年第一本小說《出航》(*The Voyage Out*) 出版，一生共完成十五部著作，寫作標記了現代主義信徒、女性主義先驅。前者如長篇小說《達洛衛夫人》(*Mrs. Dalloway*)、《燈塔行》(*To the Lighthouse*) 確立不朽地位；《自己的房間》(*A Room of One's

*Own*) 則被視為重要的「婦運宣言」。

一九七二年吳爾芙逝後三十一年《維吉尼亞・吳爾芙傳》(*Virginia Woolf: Biography*) 出版，這是第一波吳爾芙逝後再度走紅。作者昆亭・貝爾 (Quentin Bell) 是吳爾芙姊姊范奈沙 (Vanessa) 的次子，這本書篇章首句便是——維吉尼亞・吳爾芙，出嫁前是司蒂芬家小姐。開宗明義指出吳爾芙書香世家出身。吳爾芙的父親萊斯里・司蒂芬爵士，英國一流散文家，《國家名人傳記大辭書》總編纂，司蒂芬爵士不僅是家庭生活的主宰者，管教嚴厲，氣質十分敏銳。作為一名性格複雜的雙性戀者，吳爾芙個性深受父親影響，而從母親那兒承襲脫俗的容貌。一八九五年吳爾芙母親病逝，司蒂芬爵士戲劇性的悲痛引發了吳爾芙脆弱精神崩潰，及至一九〇四年司蒂芬爵士病逝，吳爾芙對父親的死感到內疚與罪惡感，精神再度崩潰，終生潛伏。養病期間，吳爾芙四兄妹搬到倫敦市中心布魯姆斯伯里區，成為一群思想前進的文人聚會所，稱之為布魯姆斯伯里文藝圈 (The Bloomsbury Group)。吳爾芙在這一年開始提筆撰文，在《監護者》週刊發表了第一篇評論，開始正式走上文學道路。一九一五年《出航》出版後，吳爾芙不凡的文采及優美的文風獨樹一格大受好評，佛斯特 (E. M. Forster) 譽其「走不同的路」。

可以說吳爾芙「走紅」數十年，不僅小說、散文創作，還因為評論。換言之，她的場域不僅在大眾讀者，亦及於學術圈。吳爾芙最早在華人閱讀圈受到注視，是在大學英文系學生群。一九三六年夏天范奈沙的長子朱利安・貝爾（Julian Bell）在中英庚款資助下到武漢大學當客座教授，當時文學院院長散文家陳西瑩早年在倫敦和布魯姆斯伯里文藝圈間有往來，夫人凌叔華為知名小說家，通過這種種因素，三〇、四〇年代武漢大學學生如散文家吳魯芹等，記憶起吳爾芙「真是一往情深如醉如癡」、「奉若神明」。吳魯芹據此「情懷」，日後分別於一九七三年、一九八三年十年間寫了兩篇文章〈「維吉尼亞・吳爾芙傳」讀後記〉、〈維吉尼亞・吳爾芙與凌叔華〉，可以說是較早將吳爾芙文字化的篇章。和吳魯芹讀後記發表同年，女作家張秀亞翻譯出版《自己的房間》，張秀亞提到吳爾芙名字第一次以中文出現，是商務印書館《小說月報》上、新月派詩人徐志摩寫曼殊斐爾文章中，臺灣應是一九六一年一月出版的《現代文學》專號。

吳爾芙雖在〈女人與書寫〉文中提到女性寫作的困境——「女人的書寫總是陰性的，其不得不為陰性；唯一的困難在於如何界定我們所謂的陰性。」（張小虹《性別越界》）然而因著不同文類議題的出現，吳爾芙卻跟隨不同文類越過陰性書寫困境，一再被提起。

## 穿越世紀時空——文化、性別議題未缺席

一九九三年，英國女導演莎莉・帕特 (Sally Potter) 拍了吳爾芙的小說《歐蘭朵》(*Orlando*)，這篇小說發表於一九二八年，塑造了一位從文藝復興時代到二十世紀初穿越三百多年時空陰陽變性、雌雄同體傳奇。通過影像《歐蘭朵》熱，文字《歐蘭朵》出現臺灣，令人驚豔。張小虹在〈兩種「歐蘭朵」〉文中，指出這幾乎是吳爾芙最受忽視的作品，要就單單以「鑰匙小說」對號入座方式被讀成吳爾芙女情人莎克薇勒・維斯特 (Vita Sackville West) 傳記。近年來有關變性、扮裝議題出現，《歐蘭朵》「才重新引發女性主義學者對其性別政治與文本策略之強烈興趣」。

女性角色置身文化時差，關於旅行議題於近年逐漸形成潮流，吳爾芙顯然並未缺席。一九〇六年吳爾芙結束希臘之旅回國，開始寫《出航》。李秀娟認為《出航》明顯受到康拉德《黑暗之心》影響，作為一部關於女性旅行、探討旅行的創作，李秀娟以《出航》為文本，發表〈航向帝國邊境：女性旅行與吳爾芙「出航」中的慾望版圖〉論文，舉證吳爾芙以小說「超越她個人走入婚姻的宿命」。

## 透過出版聲音——還原作家傳奇一生

吳爾芙熱一波才平一波又起，八八年光復版《當代世界小說家讀本・吳爾芙卷》收其短篇小說十九篇，劉亮雅銘記作家寫作風格並作年表。幼獅文化於九四年收吳爾芙隨筆及散文編成《純淨之泉》納入「名家廣場」系列。去年七月洪範版「世界文學大師隨身讀」推出《遺物》，譯者楊靜遠母親袁昌英與凌叔華、蘇雪林當年同在武漢大學任教，稱為「珞珈三傑」。

今年八月，聯經出版將《燈塔行》納入聯經經典書系，由臺灣學者宋德明翻譯，先前有大陸學者瞿世鏡譯於一九八一年、在一九九四年由桂冠另收《達洛衛夫人》編成《世界文學名著・吳爾芙卷》出版。

日前隨著大陸作家虹影的《K》根據真人真事鋪寫刊載並出版，吳爾芙時代再度成為後場。虹影自述〈我寫「K」的願望〉（《文訊》九月號）一文指出，人稱珞珈山美人的K，丈夫是武大文學院長。K與吳爾芙姪子朱利安發展戀情的傳聞八〇年代大陸即似無若有，使移居英國的虹影「抵擋不了寫《K》的誘惑，將此故事還原」。熟悉五四人物的讀者對吳爾芙與淩叔華書信往返的情誼當不陌生，吳爾芙在一九三八年四月五日寫給淩叔華的信上說：「今天范奈沙又轉來你三月三號的信，……朱利安在信中提過很多次，……他又說你的生平非常有趣。」淩叔華怎麼認識吳爾芙？這是一條不言而喻的路線。我們繞了一圈再度看見的仍是吳爾芙。後來的演變是，一九五三年淩叔華英文自傳《古韻》(*Ancient Melodies*) 即由當年吳爾芙與丈夫劉那德創辦的出版社荷蓋斯出版，朱利安或吳爾芙距離我們其實那麼近，不過那是另一個故事了。透過虹影的《K》還原並豐富了某項傳奇，不能否認，我們對它好奇部分因素依附在吳爾芙身上。

至此，吳爾芙在臺灣，去世近六十年後，我們卻對她越來越清楚，奇妙的文學之繩，將人與時代與創作縮成一個吳爾芙水晶球屋，教我們進入並且看見。吳爾芙風潮不減，傳奇愈趨飽滿，文學的版圖是那麼冥冥之中超越陰陽，穿透時空而來。

（民88年9月13日《聯合報・讀書人》）

# 吳潛誠，靠岸航行

五月二十日，一九四九年次的吳潛誠教授在病中札記寫下——我知道有些親友在為我祈福禱告，雖則我沒有宗教信仰，但我的文學認識和智慧不就是我的信仰、我的俗世宗教，若說三十年的文學修持，不能幫忙苦厄，那麼那些文學有什麼價值？

十一月二日，吳潛誠因瀰漫性肝癌病逝，五日，他生前親自校訂的兩本書《島嶼巡航》、《靠岸航行》由立緒印妥。這位南方朔眼中「能讓人感覺到他那種獨特的焦慮不自在所產生的知識的張力」之真誠的文論家，終究遠逸出航，離開了他所喜歡的反思課題——將臺灣文學與之賦比的愛爾蘭文學、島與島之間社會、歷史、政治座標。

臺大文學院院長林耀福提起這位學生，指出吳潛誠回國後便逐漸成形的「文化不應該是一個獨立的王國」的「探測者」身分，一路引據美國作家厄普岱克「評論如靠岸航行」比喻，譯介葉慈、黑倪作為很重要的視界，對位臺灣作家李敏勇、李魁賢、楊牧、陳黎等創作及本土文化觀察用以思考世界文學/臺灣文學問題，形成主線。林耀福推想吳潛誠曾追隨華盛頓大學教授 Hazard Adams 修愛爾蘭作家葉慈及一九七六年翻譯第一本書，林耀福在淡大指導的功課惠特曼的《草葉集》，早已透露關心。《草葉集》譯完後，林耀福花了七、八個月時間仔細看過，「感覺很親近」，他說。提起這位學生的行事風格：「很投入」。吳潛誠拿到西雅圖華盛頓大學博士學位，林耀福時任臺大外文系主任，便邀請吳到臺大講授英語文學。這時吳潛誠發展之路已經走得不太一樣了，他積極介入李奭學所言「建構本島獨立的文化風格」信念，出版是一條可見出足跡的路。一九九三年《如果在冬夜，一個旅人》便是吳潛誠指導學生翻譯交出的成績單，回溯當年林耀福指導的《草葉集》。

更清楚的是一九九四年，吳潛誠總策劃「桂冠世界文學名著」大系，以「形塑整個國族的集體意識」為編輯方針，收錄如象徵主義詩人馬拉美詩篇、寫實主義典範屠格涅夫《獵人日記》、心理分析小說巨構《卡拉馬助夫的兄弟們》、吳爾芙意識流名著《燈塔行》等，每本名著並附有導讀，「推廣文學暨文化教育」關懷，就像一個印記，烙在這條

「已經不太一樣」的雙腳上。

之前一九九三年，吳潛誠接下《中外文學》總編輯工作，此階段於一九九六年七月離開臺大赴東華大學擔任英語系主任結束。現任總編輯劉毓秀表示，是吳潛誠建立了《中外文學》的專業風格與流程，他將整個制度推上軌道，按期出刊；前兩任總編輯廖朝陽、廖咸浩執行了雜誌「專輯」的走向，吳潛誠使之編務流程通暢。劉毓秀認為吳潛誠是以專職的態度推動《中外文學》，並強調「他非常在乎使優美的文化在臺灣實現」。

四月林耀福接到吳潛誠電話：「老師，我不妙了。」林耀福還以為是系務工作，沒想到是身體：「責任心很重。」林耀福感歎道。

對於僅差兩天，沒能使吳潛誠生前看到新書《島嶼巡航》、《靠岸航行》，立緒總編輯鍾惠民深覺遺憾，所幸吳潛誠最重要的文化關懷《航向愛爾蘭》今年四月已由立緒出版，算是為這位認真的文評家所為作出百分之七十的總結。或者吳潛誠鍾愛的葉慈詩句，可以為他作一完整的描繪——年輕時我在陽光中搖曳枝葉／現在我願枯萎成真理。

（民88年11月8日《聯合報・讀書人》）

# 夏宇，傳說仍在繼續

關於「夏宇傳說」的追蹤者可能有二類，一類是從筆筒、椅墊、書籤、杯子……上開始迷戀〈甜蜜的復仇〉的一般讀者「把你的影子／加點鹽／醃起來／風乾／老的時候／下酒」。另一類是以各成分情緒混合且總是嚮往那個做著「地下詩人」夢的詩人同業。

夏宇從第一本詩集《備忘錄》開始，即展現非常私密且限量方式的出版路線，「我擁有的版本，封面是她手工畫上去的，扉頁及插圖還有蠟筆著色。」詩人羅智成如是說：「那是她唯一一本仍使用噴射渦輪動力的詩集。」到了夏宇一九九一年出版第二本詩集《腹語術》，變化在她設計了兩種開本，一種是37cm×42cm限印一百本；一種是19cm×21cm初版二千本（一九九七年二版時改成二十五開版本）。這時候詩人以手工藝品般，剪散、撕開、拼貼「每個字眼的顏色、表情、姿態分明」（羅智成語）的文字及圖形成詩集。這樣如「外星兒童雜耍團」的舞步，關於詩的氣質，一九八三年楊牧曾問夏宇：「你的詩裡總想要表現一些好玩的事，你會不會寫悲傷的詩呢？」夏宇決定寫一首悲傷的詩〈乘噴射機離去〉，初始四十幾行，謄第六遍時，變成一百三十多行，「又變成一首好玩的詩了」。夏宇不管，堅持認為它是一首悲傷的詩。

第三本詩集《摩擦・無以名狀》出版過程裡夏宇把自己當畫家看待。她站著工作，在一本超市買來的自黏相本上，她從《腹語術》斗大一・五公分的字塊裡剪下第一行句子「那些忍耐許久」拚命工作四天，完成三十首詩，「高燒」創作當時把字當顏色看待，「介於嗶嘰色和卡其色中間的字我找到的是『墮落』」。因著對意象的誘惑無能抗拒，如〈耳鳴〉意思是「耳的手風琴地窖裡有神祕共鳴」，最後這本「手工藝品」才被當做一本詩集看待出版，而不是一本畫冊。

最近夏宇第四本詩集 *Salsa* 出版了。九八年中在臺北獲得一筆寫作補助。夏宇回到巴黎，用六百字稿紙慢慢把自一九九一年到一九九八年間筆記本裡的「片斷」謄出來，今年一月她完成四十六首詩，二月回到臺北修改，用了電腦，但是詩的編排樣貌仍有著手工原創的痕跡。

夏宇詩中從來不是抒懷、銘記情感的「有用」句子，缺乏一種「生活色彩」的演化，卻是往往可以在她「無以名狀」的詩中明白深藏在個人內裡的狀態，譬如孤獨，「我們和天使的區別是／我們沸點不同／他們容易蒸發／而且比較傾向於愛／雖然我們也是這麼這麼的透明。」

詩人曾經如此看待自己的詩——以盡量讓人記不住為原則。看待自己的詩集——它們是一種輪迴說。這本詩集是上一本詩集的再生轉世，有共同的胎記。在這本最新詩集裡詩人表示——確信一切都可以變成詩的形式。

傳說仍在繼續，外星兒童雜耍團總是讓人盼望著，並且視她的遊戲如最初的印記。

（民88年11月22日《聯合報·讀書人》）

# 陳大為，怡保之子

由僑居地大馬怡保出發來臺念書，大學而後碩士、博士生，陳大為在臺北當「僑生」已十一年。由一個喜歡背字典的小學生到現今作家身分，就像一條看不見的線，一如之前留臺的大馬前輩作家李永平或張貴興、同輩的黃錦樹、鍾怡雯等，往往將書寫的眼回望僑居地，復擺盪於初見的「中國臺北」或現實城市。不同的是，李永平、張貴興、黃錦樹以小說，鍾怡雯專注散文表達，陳大為原以詩為文本，現在追加了一種文類——散文。

相對於詩創作，散文亦像時速兩百公里的文學運動，節奏加緊，新出版《流動的身世》火力均布於三年。也是陳大為送給自己三十歲的禮物。新書主題誠如羅智成所言，集中處理大馬童年經驗及臺灣都會生活。今年是陳大為的幸運年，寫作九篇散文裡，有

〈流動的身世〉三篇得獎，都為寫童年經驗；其中〈木部十二劃〉、〈從鬼〉且得到《聯合》、《中時》兩報散文大獎。對於這樣的豐收，陳大為謙說是「怡雯借給我的運氣」，從他近年常得獎的妻子鍾怡雯那裡借來的運氣。這樣的聯繫，是一種年輕文學夫妻身世裡特有的無負擔情感。

散文雖然完成，關於處理移民史、僑居地場景，他強調往往同時從詩及散文出發，只是最後還是會回到詩的位置來看。詩是他創作的主力，所以，創作意圖當大於情感因素。從〈會館〉開始到〈在海洋〉，都有詩版及散文兩種版本。雙重的觀照，凸顯出陳大為在題材呈現上全面而有層次的思考風格。於陳大為來說，祖父輩由大陸廣西桂林移民南洋，對一個沒有三代以前族譜的寫作者而言，南洋移民史成為一個非常貼近的史實，是陳大為心中「值得寫」的題材，「沒人處理過！」他所重視。

也因此，以整本詩集思考南洋的《在南洋》，成為陳大為創作意圖的另一指標，明年暑假前，他將全力完成得到「臺北年金」的企劃案——《在南洋》，一本事前經過整體設計的詩集。「也可能寫成兩本。」他說，寫作是那麼源源不絕的事。而在此刻，我們感覺情感/創作一如他的回到詩的主要位置，陳大為的書寫經歷著鍾怡雯也繞過她，他很少

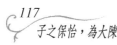

在文章中提到他的妻。他笑說：「剛好取材沒她。童年生活鍾怡雯未參與，都會生活大多是概念性的闡述，自然也就繞過了她。」隨著「視野」、「取材」的各自成形，這對原本有可能互受影響的文學夫妻，如今漸漸走出個人的路。至於寫作與生活互動，陳大為視為當然：「寫作是生活的一部分。」多麼「輕鬆」的生活。

臺北十一年，眼前出版了《治洪前書》、《再鴻門》兩本詩集、一本散文集，大馬地區他和鍾怡雯的專頁網站已設計好、博士論文預訂明年完成。這一切之外，寫作顯然已成為陳大為的「生活紀律」，而他還說，自己很懶散。

（民88年11月29日《聯合報・讀書人》）

# 履彊，少年蘇進強的士校紀事

一九六九年中秋，十六歲雲林農村少年蘇進強進入陸軍第一士官學校學生第一總隊第五大隊第十七中隊，從此這個番號成為軍人蘇進強二十二年部隊生涯的成長胎記，也是作家履彊《少年軍人紀事》（聯合文學版）中主人翁江進的軍旅標記。

一九七六、八一年，軍人蘇進強以筆名履彊寫了〈榕〉、〈楊桃樹〉分別得到《聯合報》小說獎，那時候他是以軍人之身回望出生的農村。一九九九年十二月，「死老百姓」履彊出版《少年軍人紀事》，將視線回望到軍中。為什麼會有這樣的身分轉向？他說都是「鄉愁」。七〇年代看土地或人，情感上、認同上那是社會的邊緣人，有種淡淡的鄉愁，反之，退伍後，現在回望軍中一切，軍中成為另一種邊緣記憶，亦是鄉愁。鄉愁像胎記一樣永遠擦不掉，於是他開始用溫暖的筆調、寬容的心情，記錄軍旅最早的原鄉——士官學校。

履彊來自臺西的背景，在六〇年代以外省族群結構為主的軍校，確是異數，相較於來自眷村孩子明亮、開朗，本省鄉下的孩子靦腆、人際網絡較差，他說也許是這個因素，較難適應，使他更清楚記憶士官學校的一切，青春期的少年小兵、情感苦悶的老士官、幻想症的保防官、囂張的眷村特權分子組成了一本風格特異的少年小說。六〇年代的軍校由一個十六歲少年之眼看去，當時對某些角色、遭遇的憤怒，現在以同情回顧。履彊承認，那是很特別的文化體系，尤其對照現在較開放的軍中環境。

和張大春的懵懂學子《少年大頭春的生活週記》、東年的成長圖像《初旅》不同的是，履彊的少年紀事，充滿了軍事術語：M1步槍、S腰帶、匍匐前進、口令、夜行軍、銅環、班縱隊、差假證……編織出一張另類啟蒙背景故事。問起經驗的差異性與生活隔閡會不會造成讀者的閱讀障礙？他認為《少》書不單寫給青少年看，是寫給自己和當過兵的人看的，尤其是士校畢業的學生。那些六〇年代的士校生如今已成中年人，小說陸續刊登，有人開始追蹤他的故事，甚至提供題材，大夥兒對那段稚青時光心有戚戚焉，他們是唱同一首歌長大的，履彊筆下注目的角度、範圍，特定且集中，愈發清楚浮現彼此共同的經歷、語言、情感，他更加確定：「為什麼不記下這一段歲月？」如此陽剛的信念，出於一名軍中外號為「蘇正義」的人心中，恐怕並非偶然。

當然這樣的書寫，無可避免會刻畫情感特異的老士官長、同性戀傾向的軍官等等管理一群少年兵的影響與互動，其中私密性或影射性，履彊視之為「私小說」，是個人深刻面對自我的一種生命態度，至於從寫作出發的角度來看，他特別強調他非以挖垃圾筆觸來看軍中，不光凸顯問題而已。他說：「現在軍人地位這麼低，軍中問題一再發生，大家不去深刻探討是一個因素！」這本書的深刻企圖，正足以顯示了作為作家的履彊和作為軍人的蘇進強之間的一個平衡點。

一名臺西鄉下出身的孩子，為了尋找生命出路闖進軍中，可想而知完全不同的生活元素帶給這孩子的震撼。多年軍人磨練給了蘇進強心靈視野開闊、豐富人際接觸、計畫管理訓練這些籌碼。隨著軍旅資歷向前，蘇進強由士校、官校、士官、排長、連長、營長……二十二年來他曾獲得多次國軍莒光連、營榮譽，前途一片看好，他占了上校缺，卻在一句暗示：「別寫那些沒用的小說！」離開了軍中，他那「莫名其妙」的正義感，使他無法和曖昧的律定站在一邊。但是並不代表他反國軍。相反的，和所有退伍職業軍人一樣，他要花相當時間才能習慣清晨六點不必早點名，不必再跑五千公尺，不用再裝備檢查……。

下一本書，少年蘇進強將進入陸軍官校，記憶他如何由少年邁向成年，如何由一名士校之子走進培養陸軍軍官的聖地。他寫〈榕〉、〈楊桃樹〉時代，葉石濤等省籍前輩作家看出他對鄉土的包容性用心。現在，他寫軍中，不知道這一代的文評家將如何看待。

（民88年12月6日《聯合報・讀書人》）

# 女性觀點的家族史

關於家族在中國傳統社會裡的定位，「上徵國史，下察民情，皆莫不以家族團體為國家根本。」一語道盡其重要性。而以女性作為樞紐寫一家族，將女性放置在家族活動有機體這個位置，無可諱言是百年來最迷人的書寫。

我們對這樣的書寫其實並不陌生。馬奎斯《百年孤寂》（志文版）邦迪亞六代家族的故事，第一代易家蘭這個家族的支柱，她死後整個家族落敗。她在邦迪亞打算離開家鄉時堅定的說：「我們不走，因為我們在這裡生了個兒子。」臨死前要孫媳婦扶她到門口以瞎眼「注視」來往行人各種困境，如天使般擺動她的雙手，穿透時空告別：「向我的親人打個招呼，告訴他們，雨停了我會去看他們。」第五代女兒美美對母親和曾姑母說：「我發現我是多麼愛你們。」世世代代的女性在以男性為主體的族系，展示了女性跨越百年的生命力，馬奎斯用魔幻寫實預言奇幻人生，文中女性如生命管理者注視一代又一代族人，那是最縱深的女性家族史。小說揉合創作與現實，反映了南美大陸生活及衝突，從困境走出。同樣題材的書寫，我們不難發現，這類小說經緯通常建構在脫離「困境」的企圖與重整。並且「英雄」的角色通常是由女性來扮演且由女性來擔任敘述者。這也就不難理解，為什麼大部分以女性為主述觀點創作的小說通常作者是女性。

王安憶的《紀實與虛構》（麥田版）便呈現這樣的視景。王安憶的家庭是上海外來戶，沒親沒故無根的感覺，促發作家由銘刻母系「茹」姓作為寫作指針。王安憶的母親是一位前輩作家，寫作的血緣想必母女一路。茹作家單槍匹馬，雖有個特別的姓，卻如徹底解散的家族，是個沒有家族神話的孤兒。姓氏成為王安憶編寫家族史唯一的線索。王安憶抽絲剝繭追溯到北魏。同時現實共產中國與王安憶的考察一起經歷變動，文化大革命創造了一個鬥爭的生活與社會，小女孩被迫搬離好不容易建設起的上海歷史那刻，感覺生命被割裂了。多年後，她在雨霧瀰漫的早晨走進紹興曾外婆的茹家漊，母系家族最後落腳地，所有生命中的暗示「一下子變成輝煌的照耀」，鄉人們互相傳說：王安憶來找外婆橋了。這時她成為家族傳人。

## 銘刻母系家族史的神話

王安憶尋找素未謀面的外婆、曾外婆……，華裔作家張戎所寫《鴻》（臺灣中華版）相反是實寫她及母親、外婆「三代中國女人的故事」。張戎的外婆楊玉芳是東北小城人家女兒，十五歲就嫁給軍閥平威將軍薛之珩作妾，薛之珩病危，楊玉芳知道如果薛之珩病逝，大太太可依規矩送她給富人作妾或賣進妓院，便帶著女兒出逃，回到娘家後被視為甩不掉的包袱。二十六歲那年帶著四歲女兒嫁給滿族醫生夏瑞堂當續弦。夏瑞堂子女對楊玉芳懷恨在心，夏瑞堂於是帶著楊玉芳母女另走他鄉相扶持度過日禍。夏德鴻年長後違父母命擺脫一個愛拈花惹草的富家子追求，楊玉芳對女兒說：「妳那麼能幹，還怕管不了妳的男人！」兩代不同女人觀點呈現，對夏德鴻來說，管男人不是她想要的生活，便離家出走。不久共產黨來了，夏德鴻嫁給出身延安馬列主義研究所來自四川的王愚（化名），一九五二年張戎出生。像所有那一代的青年，張戎上山下鄉經驗一次又一次的運動，一九七六年毛澤東去世，張戎說：「我母親以她的經驗立刻意識到一個新紀元開始。」一九七八年張戎通過考試到英國留學。張戎母親的預言在張戎身上得到了印證。一九八八年夏德鴻到英國看張戎，首次將自民初至新中國以來姥姥及她的遭遇講給張戎聽，這就是《鴻》中三個中國女人的故事文本。《鴻》之完成對張戎的治療功能是「往事不再痛苦得不堪回首，我已找到了愛和充實。」

## 尋找，填補記憶的缺口

近期出版的瑞典女作家瑪麗安・費吉森（Marianne Fredriksson）的《漢娜的女兒》（*Anna, Hannah and Johana*，時報文化版）被推崇為北歐版的《鴻》，延續並加入這場女聲合唱。故事從約翰娜喪失記憶不認識女兒安娜開始，痛苦的安娜不斷夢到母親過去說的故事，故事裡有著在湖面月光下跳舞的小精靈，與一名可以用魔法控制人心靈的女巫。這一切內容其實都指向約翰娜與漢娜母女關係。母親一步步邁向死亡，安娜開始從照相簿尋找母親和外婆的影像，記憶成為一個亟須填補的破洞。漢娜一生與楊玉芳相似，同樣經歷悲慘遭遇生下約翰娜，伴隨這居住國境邊界家族同時發生的，是瑞典與挪威之間戰事引發的不安歲月。

安娜開始著手尋找親近母親、外婆的方法，決定把尋找的過程寫成一本書（於是我們有了這樣一本書中之書），她在一本厚重的藍色筆記本上寫下：「在不否認她的豐富，或是犧牲妳自己情況下，試著歸納，要用什麼樣的態度來親近她的母親。」安娜和王安憶一樣從戶籍開始追蹤家族的足跡，她發現這個古老的家族由狹長的湖泊逐漸朝外繁衍蔓延，深入挪威，甚至遠渡重洋登上美國大陸。「尋找」成為這個異國女性家族史最主要的聲音。安娜藉由一次次內在拭擦以書信和母親對談，明白了牽繫祖孫三代的因素：「愛。我們都是愛的囚犯。」約翰娜死後，安娜帶著兩個女兒回到漢娜的故居，安娜向女兒述說並展示她們的曾外婆留下傳女不傳子的珠寶，觸及這個家族女性聯繫的中心。當安娜離開那間充滿祕密的房子時，她知道她的想法跟當年漢娜離開時的念頭完全相同：我永遠不會再回到這個地方。

## 因為她，讓家族被看見

當然，由一位真實出色的女性為寫作策略，因為她，她的族人們在新的時代重新被詮釋、被看見與談論。《百年家族——張愛玲》（立緒版）因著張愛玲魅力才足以支撐張愛玲外曾祖父清朝名臣李鴻章、祖父張佩綸這個貴族世家的發展，並經由家族史印證張愛玲文字創作的原型。張愛玲小說中沒有母親的部分，念的也全是母親。因此，我們很難不順從張愛玲對母親的佩服和喜愛視線來看待這個家族，張愛玲母親是湖南人，一切作風與世俗相違，「湖南人最勇敢！」張愛玲全面倒向母親的認定，明顯影響了整本書的結構。因此這本百年家族史，是張愛玲的百年家族，不是歷史上卓有名聲的李鴻章。

女性一生，不必為母才「強」，張愛玲是個例子，她未生一兒半女，卻能反寫家族史。但是談到由女性身世建構家族史，就必須要「有後」，還得是女兒，而這個女兒，終將負起書寫以女為名的家族史任務。

（民88年12月13日《聯合報・讀書人》）

# 王安憶《妹頭》，拼貼新上海

海派大將張愛玲在〈到底是上海人〉以精警典型的海派語言發聲：誰都說上海人壞，可是壞得有分寸。上海人會奉承，會趨炎附勢，會混水摸魚，然而他們有處世藝術，他們演得不過火。

張愛玲女性筆下二〇至四〇年代的上海處世藝術，她一九五二年遠走香港之後留下的空白，代有傳人，王安憶、須蘭、陳丹燕……接續說著。

王安憶一九九六年相繼出版《長恨歌》、《紀實與虛構》，其實講的都是上海。且不說《紀實與虛構》最早曾被名為「上海故事」；《長恨歌》中一九四六年上海少女王琦瑤參加上海小姐選美得到第三名，本質上，更上承韓邦慶《海上花》十九世紀挑選花榜風氣，繼續打造上海女性。

上海故事總也說不完。王安憶新作《妹頭》再度重塑又一個「淮海路上的女性」站立上海街頭。但是明顯的是《長恨歌》裡的王琦瑤帶著上海小姐美人的名銜乘黃浦浪頭，歷經繁華；而妹頭卻是精明上海人如何過小市民生活寫真。王琦瑤卸除脂粉，化做尋常女子妹頭進入弄堂，收集平平凡凡的青梅竹馬加別戀離婚，和任何百姓沒啥兩樣的遭遇。王安憶這本新著中，瑣碎生活的描寫，無疑有著向張愛玲筆下華麗蒼涼、世故尖誚的上海女子如《半生緣》顧曼楨、〈桂花蒸　阿小悲秋〉阿小所搭建起瑣碎世界詢尋問路。一如周蕾〈女性的細節描述〉形容——在她們瑣碎的感覺中，社會那個集體的人性的夢，也一下一下被切得粉碎。

王安憶粉碎的上海夢裡，生活細節產生的矛盾衝突，必定落實在生活場景，這些人物，早上排隊買油條、洗馬桶、罵大街……，成為上海故事的「新寫實」，這是王安憶的交心，也是她必須承擔的代價。這條墮落凡塵的不歸路，王德威在《長恨歌》已看出端倪，他評論〈上海小姐之死〉即指出「張愛玲小說的貴族至此悉由市井風格所取代」。王安憶亦曾說，「張愛玲筆下的上海是最易打動人心的圖畫，但真懂的人其實不多。」偷年換日，王安憶《長恨歌》中尚以瑰麗傳奇妝點，《妹頭》裡再不願遮掩的瑣碎生活平常人物則淡筆直描，無疑是不耐地表達她海派記憶的另一次浪潮已經在黃浦灘頭抵岸。

每個城市都有屬於她的故事，而海派作家愈發念念不忘，貫徹他們「敘述上海」姿態，卻是都市作為一個主體書寫所少見。

王安憶《紀實與虛構》中有一段描寫面對上海的心境——我至今還記得初回這城市的孤寂之感。這城市街道上的人流是最叫人心生孤寂的。

這一波波的敘述上海，無論是為上海尋根命名，或遊走於一種遊戲，作家演練不疲，端的形成另一可觀景致。上海的故事總也說不完，張愛玲這廂說：我為上海人寫了一本香港傳奇，……寫它的時候，無時無刻不想到上海人。王安憶那廂上海故事方興未艾。

（民89年2月28日《聯合報・讀書人》）

# 香港女性新生活史

香港學者黃繼持在〈香港小說的蹤跡〉提出香港作家以「說什麼」、「怎麼說」托附現代小說特質。而我們要如何應答漸生漸長的香港新故事呢？女性生活史似可提供一個「看」的角度。九七之後，香港擁有一個新的說話位置，黃繼持追蹤香港五、六〇年代小說發聲，指出：「本地作者的連載小說……內容較見本色，比較貼近本地生活。」其論香港七、八〇年代小說生態則表達「西西等『土長』作家，一九七五年的《我城》，以活潑語調寫『我』和『城』竟成香港小說里程標誌」意見，香港作為一個島嶼，十分清楚，生活勢將成為生命體主軸。

而八〇年代的香港，九七陰影為生活蒙上不確定性、港人身分認同充滿弔詭。顏純鉤、施叔青等後來及外來作家，針對女性角色，就「新移民」、「後殖民」著色，折射香港生活側面，形成一個不小的局面。

與這個不小的局面並行的是自五〇年代以降，香港小說家無論是本色寫作或身世折射，西西、辛其氏、鍾曉陽、顏純鈎、蓬草，建構香港小說，形成一頁女性書寫族譜。

時序進入二〇〇〇年，歷經九七大限、英人撤離女王皇冠上最耀眼的東方之珠地表。走出殖民者身世，香港故事已有不同版本，香港不滅，香港的故事總也說不完。是盧瑋鑾所說：「香港人不容易讓人了解，因為我們自己也無法說得清楚。」張愛玲筆下毀了一座城成全一位女性白流蘇婚姻，成為千古絕唱，〈傾城之戀〉朦朧而纏綿，這是香港與香港人的故事。更是香港作家也斯所說：「那些不同的故事，不一定告訴我們關於香港的事，而是告訴了我們那個說故事的人，告訴了我們他站在什麼位置說話。」城市與故事，形成了香港的書寫特質，也是另一位香港作家董啟章所說：「而城市的地圖，亦必然是一部自我擴充、修改、掩飾、推翻的小說。」

循著這樣的族譜，我們對鏡西西、辛其氏、綠騎士、鍾曉陽、蓬草等的書寫光譜，政治換局，在一個百年英國殖民島上，西方思潮與商業引領模式已然定型，何況婦女本色。唯有「追蹤」香港書寫氣息，我們可以再度嗅聞這個充滿傳奇的城市原味，以及香港究竟有著什麼樣的新故事布局？

九〇年代小說家「說什麼」？又「怎麼說」？香港新生代女作家陳慧，新近出版《補充練習》依稀可見西西小說中女性小市民普遍性及底層生活記憶風。西西七〇年代所寫《我城》描述在這個城市搬家——「搬家就是把很多事物的命順便革掉的一回事。」還有一張很大的木頭書桌，「桌面寬闊得可以在上面跳繩」。陳慧的女性小市民來到九〇年代末，繼長篇小說《拾香紀》後，短篇小說集《補充練習》中〈豬豬的書桌出發〉那張太大的書桌：「可以在上面堆放各式雜誌，還夠空間書寫。」見出平常女性念茲在茲那個不變的疆界，也是作家永遠的寓言版圖。至於仿如觀看螞蟻搬家的宗教儀式，〈大廈〉所描述：「每逢在街上看見搬屋公司的隊伍在工作，都忍不住要停下腳步來觀看。」生活/故事在陳慧的小說中，似舊裝卻已著上新衣；疏離的人際與瑣碎的生活風景，讓我們看見香港指標及新生活重整。不同於前的創作氣息不絕釋放，我們要說，香港新故事關於女性生活至此展開重大生機。

女性書寫香港新生活史，黃碧雲《烈女圖》中，「我婆」、「我母」、「你」三代女性百年遭遇，於每一代「你」身世中勾畫成形。但是這些女性史「前傳」，其實我們並不陌生。

黃碧雲《她是女子我也是女子》、《七宗罪》那些「正港」新女主角，幻化於西西經營多年「肥土鎮系列」老祖母、「白髮阿娥」以敘述者對談方式，拼貼著女性故事。更是鍾曉陽「趙寧靜傳奇」《停車暫借問》趙寧靜最後落難香港，成為「南來女子」的雛型，進階至《遺恨傳奇》狀寫香港豪門情仇，男主角于一平先後與四位女性周旋種種。王德威評為「倒顯出鍾曉陽獨特的女性觀點——這也是她對過去女性角色的再思」、「也有意無意的托出她歷史、政治情懷」。鍾曉陽自七〇年代開步，串連編寫，趕上了女性生活風潮。

西西、鍾曉陽以對話或傳奇手法記錄女性思考，在黃碧雲「暴烈」文本「女人的百年孤寂」《烈女圖》鋪展「另類」女性主體，誠如黃碧雲自述——「烈女無族無譜」。是的，新的「烈女」形象已然在「新」香港站定，以「世界的惡意之下，女人的命運之書」姿態開始說她們的故事，成就她們的生活史圖誌。

盧瑋鑾在《香港故事》中揭示「香港有沒有文學」大哉問。隨著政治、經濟等因素的改變，一九八五年馮牧呼應發言，說道：「首先要建立一個真正的香港文學……都寫吃、喝、玩、樂、消閒的，那怎麼行？」如今我們看見香港小說作者正以新的說故事高度總結香港女性經驗，且明顯有別以往聲息，自成氣象。因此，現在還來回顧「香港有沒有文學」這個課題，女性書寫或者要說你已跟不上創作者步履與反省的腳程。

（民89年3月20日《聯合報・讀書人》）

# 王澤，老夫子說一千零一夜

讀過《一千零一夜》嗎？那擅說故事的雪赫拉沙德，靠著一個接一個迷人故事，讓蘇丹不願殺她，留住她的生命為他講故事。

王澤的「老夫子」系列，就是漫畫版的《一千零一夜》。由六〇年代一路說過來，他的衣食父母讀者還想聽下去，王澤便停不下來。只是主角雪赫拉沙德變成了老夫子、大蕃薯、陳小姐、秦先生⋯⋯。

老夫子開筆於一九六二年，最初刊登於《星島日報》，一週兩次，廣受歡迎後，變成一天一幅，後來又演變成同時在多家報刊連載。「老夫子運動」由中華文化原創力較弱的香港延燒至臺灣。六〇年代，少了老夫子陪伴，許多人的生活就顯得單調太多。老夫子和大蕃薯之間情誼和他們的生活態度，事實上更是大眾模擬的樣本，在當時華人封閉的世界，沒有比老夫子「大智若愚」行徑更讓人身處混沌亂世會心一笑了。

「沒有暴力與諷刺」，自封為大蕃薯原型的王澤提起他的漫畫特質這麼說。相對於時下動不動就「更『毛』、更恐怖」的漫畫手法，王澤覺得那是作者的「文化」表現；至於他希望現代青少年怎麼看待老夫子？他說其實現代年輕人最懂幽默，有些「老套」想法，以為年輕人喜歡暴力，但是也許他們喜歡傳統的溫馨漫畫，只是漫畫家或編者不給青少年讀者機會。他強調：「有些暴力的情節實在不合理！」

王澤自稱「老學究」，有三種人他不畫──高官、醫生、警察。這三種人他都不想「惹」，太與生活扞格，也太局限於時代。他最喜歡沒有時間性的題材，至於人物，亦如此，因此「四十年前創作的人物現在看還很會心」。「會心」也正是王澤看待老夫子的心境寫照。這也許亦是王澤創造老夫子那種如前清遺老造型、滿腦子不合時宜卻不尖酸、出入於現代的樣張。包括老夫子周圍的大蕃薯、陳小姐是那麼小人物的遭遇著他們的小失敗、小成就、小幻想、小快樂……，一切都不那麼嚴重與會心。

王澤為我們創造了老夫子，相對於西方美國漫畫家舒茲一九五〇年創造了查理布朗和史努比，刺激並且安慰著我們的視覺與心靈。小人物當道，也許這是漫畫的世界裡沒有英雄的迷人律定之一吧？

（民89年4月3日《聯合報》）

# 卡繆《異鄉人》中譯三部曲

卡繆（Albert Camus, 1913–1960）《異鄉人》（*L'ÉTRANGER*）一九四二年由法國加里曼（Gallimard）書店出版，這是卡繆作為存在主義大師最重要的作品，也是他第一部出版的小說，荒謬文學的代表作。

書中冷漠的主角莫魯梭（Meursault）是卡繆筆下《薛西弗斯神話》以來「荒謬英雄」家族一員。一年又一年打動著恐懼生活於冷漠世界的讀者，一般以存在主義哲學來評析《異鄉人》的導讀，也一年又一年迷惑著欲尋求解答的心靈。

一九六六年畢業於政大的僑生詩人王潤華，首次將《異鄉人》翻譯在臺出版。距離一九五七年卡繆得到諾貝爾文學獎僅九年，以當時出版風氣而言，速度算是快的。此中譯本《異鄉人》由中華出版社出版，譯筆帶詩氣質。封面則由同樣來自南洋地區的大馬詩人林綠設計，頗具存在主義風格。整體設計十分清新。中華出版社為臺南一家出版社，發行上卻走出地方，在香港星馬都有經銷點，這也許與王潤華的僑生背景有關。詩人根據的是 Stuart Gilbert 的英譯本 *The Stranger*，王潤華「解剖」《異鄉人》是尼采宣布上帝死了之後，人類當面對戰爭、罪惡、痛苦時的意識情態小說。自一九五七年卡繆以「偉大的人道主義」、「帶給人類良知」得到諾貝爾文學獎，這位被稱為「生活戰士」(as a fighter of life)、法國作家莫洛瓦 (A. Maurois) 形容為「他不是任何人的信徒，他是卡繆、是太陽、痛苦和死亡的兒子」的作家的作品正式登陸臺灣。

很顯然，《異鄉人》這個譯名是根據英譯書名來的，小說中如邊緣人的莫魯梭的疏離、冷漠，隔膜於社會倫理、規範及認知的行為，使他成為「世界公民」之外的一種「異鄉人」，但是現在我們有了中譯本，在困惑於以存在主義解釋人生大義同時，也仍然困惑於莫魯梭母親死了他不傷慟、糊裡糊塗殺了一名阿拉伯人他毫無罪惡感的年輕人是怎麼回事？主角只是一名普通人，情節鋪述也是平淡獨白的寫實手法，然而中文「書名」卻是十分思想性的，其中奧祕誠如譯者所說：「就像喬伊思的《都柏林人》一樣，《異鄉人》是研究卡繆作品及思想的要典。」

我們可以理解卡繆體驗荒謬然後超越荒謬，「在沒有上帝的世界裡，在戰爭、物質文明的橫流裡，努力敲落舊道德標準，肯定個體存在的價值。」（王潤華語）如果鏡頭轉向另一焦點，我們看見卡繆的存在主義盟友沙特此時正陷於「虛無」的思考，而「荒謬」卻成為卡繆的救贖。即使如此，我們因此懂了書名意涵嗎？沒有，我們恐怕仍很難理解「異鄉人」這樣的譯名。弔詭的是，這本書譯名的爭論，並不比內容少。縱然如此，「異鄉人」譯名，因其最早在臺灣出現，仍約定俗成成為「定名」。譯者書內除對卡繆及《異鄉人》解析功課外，更請出指導教授入恭江子寫序，成為完整的讀本。

一九九三年萬象圖書推出「人文隨想」系列十部著作，包括《異鄉人》，副標為「荒謬的存在」。書名應為沿襲二十七年前王潤華譯名。這本書有前後言及卡繆年譜，此外未列翻譯者，譯筆也不同，只除了書名。讀者對《異鄉人》的理解仍很統一。一直到二〇〇〇年近月，臺灣商務出版了顏湘如翻譯的新版本《局內局外》，標明舊譯：異鄉人外，還有「正式授權版本」文字。這本譯本根據的正是一九四二年 Gallimard 的版本。世事如局，不是在局裡，就是被判出局，這是書譯名的意思嗎？

比較三本版本，王潤華的《異鄉人》內文分兩部，第一部六節，第二部五節；萬象版則打破一、二部，全書共十一節；最新的臺灣版《局內局外》與王潤華譯本章節相同。

一九六〇年卡繆在巴黎一場車禍中喪生，相對一位死時才四十七歲的偉大作家，他絕對只抓住了片刻生命，卻彷彿預言了永恆存在。反證他強烈的「我反抗，因此我們得以存在」言行風格及思考方式，這位出生於阿爾及利亞一直到二十七歲以前都消磨在北非陽光海岸，並曾投身戰鬥隊伍及抗德地下組織的「最具獨立性小說家」而言，他的人、生活顯然就是他的作品，因此，無論是《異鄉人》或《局內局外》，甚至他另一本書有譯《瘟疫》有譯《黑死病》，宜乎都有著相同標的。也無怪乎三本譯本唯一有的譯者後記中，王潤華「心心相印」，體驗「異鄉人」寂寞感覺同步，併行追隨大師平淡獨白的風格，以「最平淡的言語，再說了一遍」來翻譯他自己的《異鄉人》。

三十餘年，卡繆未變，臺灣由英譯本而取得原典版本出版，應當是另一形式的「現代化」。但卡繆是「異鄉人」或者是陷在「局內局外」泥淖中的失感青年，我們其實並不真正知道，此時，在更多價值瓦解、更大量冷漠、更形荒謬無力的現在，似乎也不那麼重要了。

（民89年4月17日《聯合報・讀書人》）

# 重組本土小說星圖

一九四九年，國共分治，大陸變色。無數投身流徙之旅的青壯一代，輾轉來臺，也展開了他們的文學路途。重看歷史，對所謂「外省」作家而言，事實上已開始跨出他們「本土派」第一步。在「本土派」現代化的過程裡，許多被時代所阻隔的聲音，不斷重回文學版圖，如日據時期作家呂赫若、張我軍等。

那麼，如何看待這些大致自一九四九年以來即紮根海東臺灣的作家作品，宜乎須視時機是否成熟。近期姜貴《旋風》、《碧海青天夜夜心》去年睽違書市三十三年後重新由九歌出版，勾引許多老讀者重開閱讀之門記憶。花開並蒂，近日楊念慈五〇年代代表作《黑牛與白蛇》、《廢園舊事》重見天日，由麥田出版，距離《廢》書四十八年脫稿、《黑》書略晚一兩年成書，四十年過去了。

在我們尋索這兩位小說家四本長篇小說此時此刻重版的意義前，我們不妨回頭看這一支在臺灣跨出本土派第一代的文學漂流者，家國給了他們一個怎麼樣的命運，他們的書和他們的故事，反映了一個怎麼樣的時代面貌？

誠如王德威所言：「到了我們這個年頭還談反共小說，要從何談起呢？」但是不提反共，怎麼開始說呢？

若非大陸政權生變，一九五〇年中華文藝委員會在臺成立，潘人木《蓮漪表妹》（一九五二）、王藍《藍與黑》等重要作品不會在鼓勵及因勢利導下出版；其他如趙滋蕃《半下流社會》（一九五三）、彭歌《落月》（一九五五）、陳紀瀅《荻村傳》、潘壘《紅河三部曲》（一九五二，後改名《靜靜的紅河》）等，也都展現了「反共」機制下的主體與自發性。但無可諱言的，再如何具有主體，倉皇辭鄉畢竟不是容易的事，家園之思與群落悲歡，突出了當時的作品共同情節素材，而這些作家來自東北西南，臺灣成為他們的落腳地，在懷鄉與記憶驅策下，於作品中，一則展現不同地域風貌習俗，增加了對話的空間，再則也回應了局勢。

個人被推移到臺灣，命運約可說大同小異；彈著相似的文學音調，恐怕也能解釋為大時代小兒女心事。然而就在時光一逝不回頭聲中，當年的青壯健筆，如今不僅白了華髮，也親眼目睹家國面貌日新又新。那回不去的歲月肯定是無法改變了，但是那已書成出版的小說呢？難道也完全不合時宜了嗎？脫離政治宣傳，不容否認的文學性呢？以姜貴的「反共小說」《旋風》之「反共成分」為例。一九四八年冬，姜貴避共來臺，回憶過往種種，他想「我應當知道共產黨是什麼」，一九五二年，姜貴的第五個長篇小說《旋風》完成。《旋風》寫的是一個大家族的衰微沒落及當時社會病態，全書沒一個正派人物，勉強以方八姑這個死硬派國民黨員代表一絲正氣希望，最後反被逆流吞沒，表現的正是「同情」與「諷刺」。就反共八股當局來看，《旋風》顯然並不討好，但胡適及夏志清都給予好評，夏志清一九六一年出版的《中國現代小說史》以近二十頁專論姜貴，臺灣作家也只姜貴一人上榜。夏志清在文章中，不僅回應了高陽、胡適對《旋風》的好評，也指出姜貴是「晚清、五四、三〇年代小說傳統的集大成者」。及至一九九九年王德威在臺灣文學經典研討會中，重新詮釋《旋風》的反共小說公式突破，在於將政治情慾化、情慾政治化這點。《旋風》的重新出版，固然得助於這一次次的肯定，但作家本身不能已於言者的洞見——「蒼苔黃葉地，日暮多旋風」，豈非此刻時代之殷鑑？

反觀楊念慈《黑牛與白蛇》、《廢園舊事》有如古文物出土，似乎不能將同樣遭遇放在這兩本書上。

《廢園舊事》當年在穆中南主編的《文壇》連載完成於一九五九年，亦由文壇社出版，早歲著實替文壇社賺了一筆。《黑牛與白蛇》晚一兩年脫稿，為應〈中央副刊〉老編孫如陵之邀連載後交大業書店出版，幾年後大業歇業，改由皇冠接手。皇冠原有意將《廢》書一起出版，穆中南不肯而作罷，這兩本小說走向絕版之路，對曾暢銷一時的書，不免意外。

《廢》、《黑》二書都曾改編過電影、電視、廣播，舉凡當時最「時髦」的媒體，都露了臉。一九七一年，臺視八點檔一口氣推出四檔戲，以「電視小說」形式播出，改編徐訏《風蕭蕭》、徐速《星星、月亮、太陽》、王藍《藍與黑》、楊念慈《廢園舊事》為內行稱道。《黑》書更經李翰祥改編電影搬上銀幕，由田野演黑牛、江青飾白蛇，頗為叫座。楊念慈筆下濃厚的地方色彩、突出的人物造型，形成他個人特有風格。難以置信這樣與時俱進的作品會銷聲匿跡。

反倒是新版推出同時，楊念慈針對《廢》書一直以來被歸類為反共小說及他被視為

「軍人作家」兩點提出澄清，可見當時鋪天蓋地的「反共」熱浪，幾乎是全民運動了。可喜的是超過二十年的絕版書，終於可以一起面世。

也才在這個時候，我們不禁燃起一絲希望，《藍與黑》有幸出版一百零二版，長銷不墜，並非每本書都有此等好運道。在政治退位，重新思考文學表現的此刻，我們應當被允許追問，像徐訏《風蕭蕭》、徐速《星星、月亮、太陽》、陳紀瀅《荻村傳》、趙滋蕃《半下流社會》、潘壘《靜靜的紅河》等五〇年代重要長篇小說何時再見天日？何時重新被接受，納入版圖？我們這個時代，可容得下這樣的發生？不是二〇、三〇年代大陸作家作品，而是五〇年代以後，在此地生根落腳來臺作家作品，終將不被視為「越界」。

（民89年5月15日《聯合報》）

# 赤道形聲
## ——馬華文學

馬華文學在臺灣文學奠建構傳承，眾所周知，馬華學子一代又一代向臺灣文壇進攻，展示其不凡創作力，如此重視臺灣這塊文學之土，對有著馬共背景的文學創作者而言，必須經過兩個轉折，一是文字簡體字轉繁體字，一是經驗的消化。而馬華作家在作品中蘊含強烈的中華文化氣息，則是共同而無法轉換的基調。

由文學奠的建立灘頭堡，前進內陸，建構馬華文學「自己的天空」，如果從這個角度來看「馬華文學讀本I」《赤道形聲》（萬卷樓版）的出版，也許就清楚多了。

《赤道形聲》由陳大為、鍾怡雯主編，分「新詩」、「散文」、「小說」三卷，收五十五位作家於一九九〇至一九九九年發表的一百八十二篇作品，字量超過五十萬字。重疊的理由，是大馬作家一向擅長多種文類，如潘雨桐分別以散文、小說入選；鍾怡雯散文、新詩皆長。第二冊計畫收「評論」及「入選作品評析」兩卷，合成完整馬華文學讀本。之前陳大為編選《馬華當代詩選一九九〇—一九九四》、鍾怡雯編選《馬華當代散文選一九九〇—一九九五》、黃錦樹編選《一水天涯——馬華當代小說選一九八六—一九九五》可視為《赤道形聲》的先行部隊。

馬華文壇通用出生年劃分世代，如潘雨桐（潘貴昌）一九三七年生，稱三字輩，《赤》書三字輩占兩名，四字輩三名，五字輩七名，七字輩十三名，六字輩三十名。所收文章多為當地文學獎、花蹤文學獎、學校文學獎、及臺灣文學獎作品。

在這裡，我們不妨以臺灣文學獎為觀察主軸，將焦點集中於《聯合》、《中時》兩大報文學獎上。從三字輩潘雨桐開始說起，潘雨桐得獎，是一九八一年〈鄉關〉得《聯合報》短篇小說獎，一九八二年〈煙鎖重樓〉得《聯合報》中篇小說獎，一九八四年再以〈何日君再來〉得《聯合報》小說第三獎。事實上最早在臺灣兩大報小說獎嶄露頭角，展開大馬文學獎之旅的是四字輩李永平及五字輩商晚筠、張貴興。一九七九年李永平以〈日頭雨〉得《聯合報》小說獎第一獎，同年張貴興以〈伏虎〉得《中時》小說優等獎；時序一九八六年李永平〈吉陵春秋〉獲《中時》小說推薦獎，一九八七年張貴興復以〈柯珊的兒女〉獲《中時》中篇小說甄選獎，並延續至一九九八年以《群象》進入《中時》百萬小說決審，獲得佳評。事實上馬華小說風采於六字輩黃錦樹及七字輩黎紫書身上有了更清楚的面貌。一九九五年黃錦樹以〈魚骸〉得到《中時》小說獎首獎，同年〈說故事者〉得《聯合報》短篇小說獎；一九九六年黎紫書以〈蛆魘〉得到《聯合報》短篇小說第一名。

反觀馬華散文及詩在臺「文藝復興」這條路，始於七字輩鍾怡雯、陳大為「開山立派」。鍾怡雯一九九七年以〈給時間的戰帖〉得到《聯合報》散文獎第一名，次年以〈垂釣睡眠〉再勇奪《中時》散文首獎。一九九九年陳大為接續三喜臨門，以〈木部十二劃〉、〈從鬼〉得到《聯合》、《中時》散文首獎，新詩〈還原〉得《聯合報》新詩首獎。

各種文類分別從時間及地理座標出發，至一九九九年，馬華文學獨特的形貌和聲容見證了臺灣文壇有著容納同文同種流派的胸懷。同理可鑑，我們也許可以如是體會，面對馬華出版體制的不健全、資料保存的不易，是「人」的因素建構了馬華文學最可貴的資產。這批文學之子由大馬離鄉來臺求學、以寫作記憶老家；雖然最後往往選擇留在臺灣，卻不忘與大馬當地華文作家呼應雙聲。以《赤道形聲》編輯群為例，詩卷主編陳大為、龍川，散文卷鍾怡雯、辛金順，分別在臺教、讀書；小說卷主編黎紫書、胡金倫，各在大馬報界擔任記者、在臺念書。其他編委陳強華、呂育陶、林幸謙、陳耀宗、潘碧華、莞然等，多在文化界或大馬學校執教，對當地得獎作家、寫作者長期觀察。是這樣的雙向交換視角，形成一個貫穿年代、空間的文學文本。

世紀之交，華文文類消長難判，我們唯一可以說的是，相對其他華文創作地區，《赤道形聲》的出版，的確具有「沉澱」（陳大為《赤道形聲》序名）時代的指標意義。

（民89年5月29日《聯合報・讀書人》）

# 女性出走
## ——虛構．女性．小說

張愛玲在小說〈紅玫瑰與白玫瑰〉裡，借王嬌蕊這名女子之口傳遞女性的困境：「是的，年紀輕，長得好看的時候……碰到的總是男人。可是到後來，除了男人之外……總還有別的。」小說與女性與時代的對位，一代又一代演義著，女性總是碰到男人的命運如今改變了嗎？也許改變了，也許沒有，無論答案是什麼，那終是張愛玲的「傳奇」了。

因著這樣的基調，其實我們可以將平路的《凝脂溫泉》、李昂的《自傳の小說》、黃碧雲的《媚行者》、蔡素芬的《台北車站》當成一本「女」書，透過現代女性的傳奇或者傳記成分閱讀並且發問：小說到底虛構/真實了女性自身/小說家幾分。這些女性作家是如何走到今天我們看到的風景，成就今天的作品面貌？

如果先將眼光放在黃碧雲《媚行者》，會很訝異發現《媚行者》所揭櫫「和命運搏鬥的人叫做媚行者」為現在女性標明一個貼切的新名詞。《媚行者》寫的是自由、存在、完整與傷痛、失去、破碎，什麼是自由？「流徙並不是自由」；創傷要如何治療？靠著忘記。她筆下的女子忽而東京、紐約、里約熱內盧、阿姆斯特丹……，忽而當下忽而回到記憶的過去。生長在國際之都香港的黃碧雲，沒有歷史地理文化包袱，卻總是將小說推向心靈底層恐懼與命運對抗的書寫位置邊緣，呈現所謂顛覆／暴力美學觀。香港小說家董啟章論黃碧雲小說出入現實／虛構文本，認為黃碧雲的藝術精粹在於「節制」，「香港小說家之中，黃碧雲最追求理性」，因此小說的罪與罰，也就不等同於現實中的傷害與折磨。我們依循地圖判讀要領就可以找到小說主題。

然而，世紀既末，真的媚行者盡出嗎？媚行者行使哪條生活寶典？穿戴什麼形貌外衣？看的哪本心理手冊？奔走怎樣的命運軌道？在虛構／真實之間，媚行者奉行什麼文本？吸納什麼書寫元素？《凝脂溫泉》、《媚行者》、《自傳の小說》、《台北車站》說的都是誰的故事？這些故事反映的共通的命運，提供的線索，是否足以支撐我們檢視虛構或者真實？綜合四本書特質，也許我們可以從權力政治與情慾、出走三個主題來探索。

毫無疑問，距離張愛玲寫〈紅玫瑰與白玫瑰〉三〇年代，女人大多只能做「結婚員」，生命中的男人除了父親兄弟之外就是丈夫、兒子的時代，現在女性無異有了大量外遇和政治遭遇，這不知道是幸還是不幸。平路《凝脂溫泉》中三篇主力且構成「某種連貫性」的小說〈微雨魂魄〉、〈暗香餘事〉、〈凝脂溫泉〉講的正是情慾及權力政治，最後都指向「失約」，而這個「失約」其實等同形式貌似的出走；情慾訴求則被「外遇」替代。我們不免懷疑，是否現代小說在虛構權力政治的書寫策略同時，不巧恰恰落實了時代新女性處境？

這樣的特質在李昂《自傳の小說》中，尤其清楚可見。《自傳》的女主角實有其人，寫的是臺灣現代史上女性革命者謝雪紅的故事，出入於敘述者與追蹤謝雪紅反抗歷史經緯，作者架搭起多層次的自傳小說體，不乏權力情慾掙扎篇幅。〈凝脂溫泉〉中被政治打敗的女子，於都市中「偏安」一隅，謝雪紅的流浪卻是政治鬥爭後的結果。那樣的流浪比較接近自我放逐吧？而如此女性，表象看起來主動得多，也勇敢得多吧？「文壇女鬥士」李昂花掉十年時間創作此書，作家說——「謝雪紅。我要找尋的，又豈只是妳的一生。謝雪紅，妳的一生、我的一生……我們女人的一生。」所要傳達訊息，十分清楚。

至於說到女性的勇敢，蔡素芬《台北車站》中的女性們，恐怕顯得無奈與疲憊多了。

臺北作為一書寫城市主體，無疑須藉由抓住一座城市的特質，如迷失、墮落、聲色……那樣的異質空間來展現，相對於黃碧雲以節制、理性濃縮都市眾生相，《台北車站》裡的人物無力得多，蔡素芬書寫也「感性」得多。比較平路在臺北都市巷弄深耕生活及「一棟舊公寓」的女性們，蔡素芬的女主角擁有的似是更貧瘠、無味的普通生活史。我們因此看到，要出走城市，只有依賴軟弱的外遇及逃避般的旅行。女性作為有機軟體，來到這座城市又離開、復返，臺北果然只是一個「硬體」？缺少深刻的比擬無異簡化了「出走」這一重要命題。

觀此，黃碧雲《媚行者》深入生命之旅，轉換城市，面對戰爭、離別、生死，與命運搏鬥宜乎更有可能打開時代女性新局。謝雪紅經歷一個又一個男人，反抗日本帝國主義、國民黨及中共政權，從臺灣、日本、上海……最後葬於北京，果然一代媚行者，當然她必須有不凡的政治革命性格。《凝脂溫泉》平路落實了的女性角色，於虛構的故事、人物、情節裡呼吸，熟悉平路風格的讀者恐怕嗅聞出有別以往的作家真實體味吧？同樣住在臺北東區「一棟舊公寓」的平路，這次是不是嘗試創新跳出來說自己的故事心情了呢？並非沒有可能吧？至於是虛構的真，或自傳的假，一點都不重要了。

那麼，身為讀者的我們，後來究竟「碰到」了什麼呢？我們於焉看到性別／政治已經進入現代生活，新的出走形式亦逐漸成形：謝雪紅政治追求導致出走流浪；黃碧雲的自由源於出走；平路的失約莫非出走；蔡素芬〈旅途愉快〉經營的旅行其實不脫出走本質。

七〇年代，小說家王文興的男性「家變」出走，引起文壇軒然大波，而我們女性作家們書寫流浪、放逐、失約、旅行，女性們藉由不同形式為權力、生活、命運、情感……所迫出走，卻如此平靜無聲。如果女性一批批出走精光，會有人關心她們什麼時候回家嗎？

女性小說家們怎麼說？

（民89年6月12日《聯合報・讀書人》）

# 以記憶應答父親

## ——外省第二代的父親書寫

駱以軍在《月球姓氏》(聯合文學版)中如是敘述十萬年前在地球滅絕消失的長毛象：

大規模的遷移。談判。氣候與地殼的變動使牠們在遷徙中失去了回程的路。人們後來在相隔千萬里的異地尋獲了牠們集體死亡的化石墓塚。

彷彿突然之間，你發覺你的外省父親幾乎無法自己出門：坐計程車因不會講臺語被趕下車、去醫院看病下錯站而怔忡路邊、在家裡的發言權越來越低落、身體愈發衰敗……；最後他在搭機回老家時到達機場才發現忘記帶臺胞證。他老遠來到臺灣，回去，卻失去了整個人生。

## 新族類的記憶之旅

這是整整一代外省人老去的故事，但是，要等到父親的威權消失以後，當他們不在現場了，作為家中的男丁才驚醒覺察，再不書寫父親，就來不及了。

關於記憶外省父親這樣一個新族類，是自一九四九年國府遷臺後，逐漸形成的小傳統。那些跟隨父親於孩童或青少年時期來臺，所謂外省第二代作家如白先勇、王文興、劉大任，他們開始在六〇至八〇年代著手描摹父親，這一代多生於抗戰結束後，白先勇生於一九三七年，王文興、劉大任生於一九三九年，可以說是外省第二代的大哥哥；他們的父母均是外省人，可以說是純粹的外省家庭。

時移事往，八〇年代後，書寫父親這支筆交到了家門中五〇年代出生的老二，如同樣心心念念感懷父親那一代的張大春手上。

誠如張大春江湖回憶錄《城邦暴力團》(時報文化版)書前題辭所言：這個關於隱遁、逃亡、藏匿、流離的故事所題獻的幾位長者都不應被遺忘。所謂江湖，在張大春言，就是不為人知或鮮為人知過於真實且正在失落的世界的倒影。而不應被遺忘的幾位長者，正象徵著一個集體父親的形貌，一種廣義的記憶。

從白先勇以《臺北人》（爾雅版）系列銘刻父親以來，〈梁父吟〉高舉革命情誼的樸公，〈歲除〉視臺兒莊之役為歷史聖戰的賴鳴升，〈冬夜〉中五四健將余嶔磊、吳柱國老去凋零等等，父親的身影無所不在，書中父執輩多出身官場世家，面對來臺後時空的變遷無奈且無助境地，如困山中，畫地為限的遺民，逐漸為世間忘掉，說的其實是「掙扎」。

這個「掙扎」的題目，由「保釣健將」劉大任《晚風習習》接續了下去。《晚風習習》（洪範／皇冠版）的序名便是〈掙扎〉，劉大任更將此書「獻給我的父親文宣公在天之靈」。劉大任還說「自欺和健忘，不免成為動物求生的最後手段。」為父親造型其落寞寡歡同時迴盪在父子心中，記憶的功能真是一刀兩刃。

是父親猝然辭世後，劉大任如困獸哀鳴下筆記憶沒有了父親的世界。主力篇〈晚風習習〉，以散文筆觸分五十幅裁剪從小到大與父親相處畫面，多在「異鄉」臺灣。最後送父親回老家安葬，墓碑上這麼刻著——「神州天河鎮厚溪村遷臺第一代開山祖袁公軒之墓」。說的還是臺灣故事。父親過世之後，作兒子的又讓他死了一次，然而，從此安心。

## 銘刻無所不在的父親

那不在現場的父親到王文興的《家變》（洪範版），變身為退休後離家出走的父親形貌，逼迫著失去父親的兒子范曄逐日逐月逐年面對父親，《家變》的父子課題在「道德」、「傳統」籠罩下寫出一種類型。

外省父親一代漸行漸遠或者「瀕臨」消亡，一種古老的品德、人情世故繪成的中世紀地圖，記載著失落的族群邊緣人物生活。這樣的身世記憶，家門大哥能寫的都寫了，時間點多放在五〇至八〇年代剛到臺灣或解嚴前後，內容多半呈現對大陸思念的情調，生活造鏡大半停留在過去的模式，實情是父親們多半並未真正展開臺灣生活。即使五〇年代出生的張大春寫《城邦暴力團》也以「反類型」的方式記憶父親，且講著更為封閉的語言。

外省第一代父親尚未展開的生活，意外地由家門中的老么表現了出來。

這個家族中的老么，目前看來多生於六〇年代，如袁哲生的一九六六年，駱以軍的一九六七年。成為老么也是時代捉弄，他們父親的元配在大陸未到臺灣，等啊等，多年過去，音訊全失不知是死是活惦記著傳宗接代而再娶，結婚的對象往往比他們年輕許多，所以這個家門中的老么比起大哥哥白先勇等差了近三十歲，比起二哥張大春也整整晚了一個世代，他們還有一位本省籍母親。

## 掙扎以不同的故事呈現

也因為如此，袁哲生筆下父親，如《靜止在樹上的羊》（觀音山版）中〈父親的輪廓〉及〈送行〉、《寂寞的遊戲》（聯合文學版）中的〈雪茄盒子〉、《秀才的手錶》中的〈天頂的父〉後場影影綽綽流動著本省母親家族史，是有形本省家族及無形外省家族的戲碼大戰。至於父親的處境，袁哲生〈天頂的父．西北雨〉敘述父親被本省外公稱為「外省的」一詞尤為傳神。

反觀駱以軍《月球姓氏》所建構的家庭劇場，駱以軍其實是十分正面的將本省母親、外省父親的故事搬上舞臺。如果說白先勇、王文興、劉大任、張大春寫的是不在場的父親，那麼在駱以軍筆下，他敘述的父親無疑雖然逐漸衰老卻在場，因著與本省女子結婚生兒育女，不同的省籍背景，意外的有了不同於哥哥們的故事版本，可以收集的題材和時間線也相對延伸。

《月球姓氏》主線寫父親，副線寫母親及妻子家族。失意臺灣的父親，毋寧是孤獨的，比較起《臺北人》、《城邦暴力團》父系烜赫、有頭有臉人物的失落，顯然是較為卑微小人物生命之戰的實彈演練。要講有血有肉的生活經驗，那恐怕就是了。這裡頭有沒有掙扎或者失落呢？當然有。但是身為這個家族么兒的悲哀，是他們不像哥哥們見識過青壯年時期的父親，無論是父親的功業或英姿，他們的父親在他們童年就老了，且眼睜睜成為弱勢與邊緣；就族群關係來看，他們的族群戰場就在家裡。也因此，駱以軍、袁哲生書寫父親的年歲也相對年輕於他們的哥哥們，掙扎也就在此，他們較年輕時已見到一個再不寫就消失了的父親。

艾略特寫《荒原》憑弔一個古老優美文化的消失，薩依德深受父親影響寫成自傳性回憶錄《鄉關何處》（立緒版），他說：「這本回憶錄，在某一層次上，是我在深感時間緊迫、來日無多之際，重新演繹這場去國與分離的體驗。」

身為外省第二代的兒子們，回憶父親，何嘗沒有這樣的心境，時間緊迫、來日無多。

是的，以記憶應答父親。

（民89年12月11日《聯合報・讀書人》）

# 走向西藏終極，發現香格里拉

一九〇〇年七月，瑞典探險家斯文赫定(Sven Hedin)翻越喜馬拉雅，試圖穿過阿爾塔格山谷，凝視山岩湖泊、渡過河流在一九二五年寫成《我的探險生涯》(*My Life as an Explorer*)，他曾有這樣的句子：這片領土簡直沒有主人，這些江河、湖泊和山脈也沒有名稱。所有這一切在某些時間內只屬於我。

沒有主人與名稱的領土，就是西藏。對某些探險家或持宗教、心靈理由人士而言，那片等同世界屋脊高度之地，就是香格里拉。在千禧二〇〇〇年世紀末，中國大陸一片開發大西部聲浪中，西藏的意義此時此刻轉為別具政經指標意味。形成這一世紀以來的西藏書寫圖騰，不免可視為尋找各自理由，走向世界屋脊，發現香格里拉的西藏熱過程。

最近，有三本關於西藏書寫的書趕在這個世紀結束前出版。第一本，浙江人民美術出版社所出蕭加攝影集《中國鄉土建築・神人共居（西藏卷）》，此書著力捕捉民俗文化與活動空間，「撲面而來的西藏滄桑歲月，感受到終極世界的神祕。」以圖像的形式直接呈現西藏，讓照片自己說話。

相對於攝影機的「看」，時事出版社所出熊育群《靈地西藏》及廣東旅遊出版社出版的程樹民《獨行西藏》，提出另一種心靈及精神的「看」，有著不同觀點及視角。

大陸評論者祝勇針對《靈地西藏》釋出「當成心靈史來讀」的看法。祝勇直指現實生活的日益乾涸、心靈河床的不適，西藏無疑便是漫遊者的信仰高原。熊育群原任廣東《羊城晚報》記者，在青藏高原上流浪成為他靈魂歷險上的終極命題，熊育群並不真出身那塊土地，但是就改變生活而言，《靈地西藏》是現代人可能的出路的一個見證。

《獨行西藏》則是前二本書的結合，用攝影及文字同步表現西藏。作者在一篇文字中如此敘述——「其實最令自己驚歎而又亢奮的是高原特有的光線。」——論者批評：「他竟使用『驚歎而又亢奮』這類表現人類最粗淺的經驗和感情的詞，」且更進一步指出，《獨行西藏》無疑顯示「西藏成了都市人製造英雄感覺的去處。」在一片西藏熱中，這雖不失為發現西藏的反向思考，卻更造成「失落的香格里拉」最大的落差。

事實上，要說發現西藏，踏上世界屋脊書寫，讀者並不陌生，由世紀初的斯文赫定到追蹤英國探險家楊赫斯本（Younghusband）一九〇四年西藏遠征的《西藏追蹤》（馬可孛羅版）及中國藏學出版社出版的瑞士人米歇爾・泰勒（Michael Taylor）的《發現西藏》中譯本，都可視為去到西藏之路最佳地圖。而無論史料、探險經驗，亦充滿深刻及「正宗」筆觸，反映的是一種史觀書寫。

相形之下，不具地緣關係的臺灣作家張瀛太新近出版的《西藏愛人》（九歌版）則以「距離」寫成小說形式表現西藏，以另一種書寫再創作西藏生活、宗教、地理、愛情。其中單篇〈西藏愛人〉、〈鄂倫春之獵〉鋪陳藏傳佛教的變形幻化信仰、性別、種族差異成謎，完成報導文學所不能到達的西藏背面。其實早在張瀛太以小說將臺灣經驗幻化西藏經驗之前，大陸作家馬建《你拉狗屎》（海風版）西藏奇異風俗的「變態化」處理，不僅在一九八七年二月造成刊登他作品的《人民文學》雜誌總編輯劉心武去職，也招來西藏作家協會〈一篇醜化、侮辱藏族人民的劣作〉批評。馬建的西藏其實反而帶有異國觀點，像外國人眼中的令人驚訝的西藏。他的異國觀點也顯得九〇年代藏人扎西達娃的《西藏，隱祕歲月》（遠流版）流露出族人似的「神祕啟示」情懷。換句話說，馬建因曾在中國四處流浪，以流浪的心情呼應西方探險家經驗也非常自然；扎西達娃則以「在地」的靈魂淨身，稱得上以癡癡的心尋找西藏，表達自然也就不同，多的應是傳奇與良善。

西藏書寫一世紀，自斯文赫定以降，以醜化或神祕啟示，西藏在下個世紀的命題是什麼？探險家或作家怎麼說？

（民89年12月18日《聯合報・讀書人》）

# 文化社群出版結緣

英國小說家維吉尼亞・吳爾芙在《飛蛾之死》(*The Death of the Moth*) 論及英國小說家佛斯特 (E. M. Forster) 的小說表示，「我們要記住，我們最多不過是在建立一種在一兩年之內就會被佛斯特所推翻的理論。」因為他是一位「人們對他意見相當分歧的作家。他的天賦本質中，有某種令人迷惑的、難以捉摸的因素」。這樣的對話發生在維吉尼亞與佛斯特之間並不令人意外。

一九〇五年，一個以維吉尼亞、凡妮沙（維吉尼亞姊姊）、李歐納德・吳爾芙 (Leonard Woolf )、克萊夫・貝爾 (Clive Bell)、立登・史特卻奇 (Lytton Strachey) 為核心的團體逐漸形成，他們每週四聚會於維吉尼亞家族位於布魯姆斯伯里區的新居，讀書、談辯，不自覺成為一團體，代表了當時倫敦思想最進步的文化精英，稱之為布魯姆斯伯里團體 (The

Bloomsbury Group)。這個團體交遊日廣，包括小說家佛斯特、詩人艾略特 (T. S. Eliot)、經濟學家凱因斯 (John Maynard Keynes) 都活躍於這個團體中，交換智識，探尋創作表現。

一九一二年維吉尼亞嫁給李歐納德，正式展開維吉尼亞・吳爾芙時代。一九一六年李歐納德夫婦創立了霍加斯出版社 (Hogarth Press)，李歐納德擔任吳爾芙的經理人，全力支持她。作為出身精英團體成員，霍加斯不僅出版了吳爾芙作品，同時也出版了許多當代名家著作，艾略特的《荒原》(*The Waste Land*)、曼殊非爾 (Katherine Mansfield) 的《序曲》(*Prelude*)、佛斯特的小說，都是一時之選，直至一九二八年吳爾芙的《歐蘭朵》出版，更創造出叫好叫座雙贏局面。布魯姆斯伯里團體儼然象徵了前衛知識分子社群，成為一個時代的美談。

我們並不以為這是「不自覺」的行為，相反的，這是再自發性沒有了。

相對於這樣的「前衛」團體，臺北其實也有這麼一個「柔性文化團體」——「酒党」。「党」魁臺大中文系曾永義教授，強調「酒党」的宗旨「尚人」不「尚黑」，所以是「酒党」非「酒黨」。由這個角度思考，就可以明白「酒党」的中心德目何以是「人間愉快」。自八〇年代漸成體系，「酒党」的開党成員包括出身臺大中文系四十九年班的黃啟方、章景明及高一班的曾永義「兄弟們」及書法家薛平南、旅日學者王孝廉、藝術研究者莊伯和、出版者李善馨、學者林明德等。「酒党」不因酒而忘學，當然「酒党」並沒有如霍加斯之於布魯姆斯伯里團體那樣的出版社，但是李善馨「李哥」的學海出版社，偶爾也客串一下「同仁出版社」的角色，曾永義、黃啟方、章景明皆在大學任教，弟子即廣義的「党」員，其中不少論文就在學海出版，可謂學術著作溫床。近日黃啟方《一日思親十二時》亦由學海出版，其中為曾永義父母祝禱頌詞一文，可見出「党」的文化與情誼。

這樣的情誼也顯現在薛平南新出版的《薛平南千禧百聯集》，曾永義作序〈心玉盦的歲月〉指出薛平南書法天地中的豁然自得，其實也是對其觀世界的肯定。

事實上早在七〇年代，臺北「三三集刊」便是這樣的團體，小說家朱西甯的女兒朱天文、朱天心、朱天衣，與馬叔禮、謝材俊、仙枝、丁亞民、蔣曉雲等以朱家為活動中心成立三三集刊，一九七四年胡蘭成來臺講學，成為三三的精神導師。後來三三集刊辦了出版社，出版不少重要著作，朱西甯《八二三注》，朱天文《淡江記》、《小畢的故事》，朱天心《擊壤歌》、《昨日當我年輕時》、《方舟上的日子》，陳玉慧《失火》，香港少女鍾曉陽《停車暫借問》、《細說》等，都是三三的招牌書，朱天心還任業務經理，和會計妹妹朱天衣是臺北重慶南路書街有名的「三三小姐」。「三三現象」確是我們這個時代所擁有的美好文學傳奇。

文化人的力量隨生隨長，以香港而言，百年殖民，卻有那麼一群文人不以為限制，創辦了《素葉文學》，延續著文學的使命感，一九八○年《素葉文學》創刊為季刊，其間曾短暫休刊。早期成員蔡浩泉、西西、何福仁、鍾玲玲、蓬草、綠騎士、辛其氏、張灼祥等，可說包括香港文化精英大半數。《素葉》等於同仁刊物，沒有稿酬，外稿一經利用，即贈該期兩本。近年返港任教並為故里文化盡心力的鄭樹森與黃燦然多年來為《素葉》組稿、約稿，是「素葉之友」。鄭樹森近期譯詩集《遠方好像有歌聲》即在素葉出版，只送不公開發售，典型的文士作風。素葉亦如霍加斯出版社，出版不少香港出色的作家著作，鄭樹森《遠方》排序六十一，序首是西西的《我城》。二十年來只出六十一種書，當然必須是值得出的好書，詩、戲劇、評論、小說不限。也斯《剪紙》、何福仁《龍的訪問》、辛其氏《每逢佳節》、張灼祥《作家訪問錄》、許迪鏘《南村集》等皆列名其間。

二○○○年十二月最新出版六十八期，《素葉》擴大篇幅以二三九頁為《素葉》的老友去年九月逝世的畫家蔡浩泉製作專輯，定價維持不變港幣三十五元。《素葉》早期版面、插畫風格皆由創刊時代的美術顧問蔡浩泉確定，《素葉》說「是對故人的懷念」，我們也許可以視為一個文化團體對一地、一個時代作出了示範。

而這個示範也就是布魯姆斯伯里團體所宗奉 G. E. 摩爾的理念：人生最有價值的事物不在社會行動，而在於感受人與人之間愛及藝術、自然美的意識狀態。

（民90年1月22日《聯合報・讀書人》）

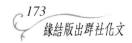

# 與受苦的時代接軌

## ——桑品載《岸與岸》自傳軍旅經驗

軍人作家、詩人沙牧一九八六年因車禍去世時才五十八歲，身後蕭條，爾雅出版社幫他出版第一本也是最後一本詩集《死不透的歌》，為落寞的詩人圓夢。同樣出身軍中的詩人瘂弦為這本詩集作序說：「沙牧少小離鄉，在還沒有一枝步槍高的年紀，就離開家……他在烽火硝煙中成長。像這樣的人，不止他一個，很多人熬過來，更多人失去了自己，沙牧不幸屬於後者。」

烽火硝煙的時代記憶，迅速被遺忘或潰散的當然不在少數，有些，則留了下來。當我們以為那個錯誤也好荒誕也好的上個時代已經總結。世紀更新，二〇〇一年甫開春，作家桑品載即推出軍旅傳記《岸與岸》（爾雅版），披露個人於動亂歲月從軍經歷。

如果沙牧屬於失去了自己的那個族群，那麼桑品載應當屬於「熬過來」那派。然而這個熬過來原籍浙江舟山作家，一九五〇年舟山島撤退隻身混在軍隊裡搭軍艦從基隆港上岸，在臺灣島上被迫成為孤兒那年才十二歲，這不知道是幸或者不幸。

然而，五十年後，「從歷史的噩夢中醒來」（桑品載序名），回憶自基隆流浪三個月後成為幼年兵開始鋪寫（他還不是最小的，還有六歲的兵），由舟山島到臺灣島，島與島，一路他在部隊大家庭成長，那個男性的世界也是紀律、鋼鐵的軌道外小星球，沒有真正的家人父母兄弟姊妹，又是你全部家人。

桑品載等於被部隊押著長大，順理成章進入軍校。二十一歲政工幹校少尉階畢業，即被分發至反共救國軍第三大隊第一中隊，部隊在馬祖前哨東犬島，反共救國軍是任務最險苦的軍事單位，奇特的全部是外省籍，浙江人最多，福建籍次之。諷刺的是，桑品載的第一個職位是去當「八三么」（八三一，軍中樂園代號）管理員，管十九個「姑娘」，他從十二歲當兵起，從來沒有接觸過這麼多女性，他甚至在這裡失了身請調單位。一直到一九六三年，桑品載被調至東引指揮部擔任軍報《東湧日報》總編輯，那是刻鋼版的年代，整份報紙兩個版，字數不超過一千字，印刷量兩百份。第一版為國內外要聞，新聞來源是中午十二點的中廣新聞；第二版為軟性新聞。桑品載在這個時期開始向各報副刊、雜誌投稿。

也許這正是桑品載在無父母照顧成長的洪流裡熬過來的最大力量。一九六五年桑品載獲得軍中文藝獎最高榮譽國軍文藝金像獎。一九六七年，桑品載自軍中退役轉任《徵信新聞報》（《中國時報》前身）〈人間副刊〉主編，正式成為「榮民」。

一九八七年，桑品載年近五十，他在上海見著原本要帶他到臺灣卻被趕下船的姊姊桑海棠，如果姊姊也到臺灣，以娶姊姊為由帶他上船的連長就不會吞了他的錢還棄他一個人在基隆碼頭，桑品載小小兵的命運應當就整個不一樣了。姊弟倆哭得天昏地暗，不能自已，也無法自已，時代的錯位，算到他們頭上，由這些小民承擔了最卑微的苦難，生命果真是不能承受之輕。

終於等到了回家這一天，重回彼岸再返臺灣此岸，這段記憶才開始釋放出來。《岸與岸》中那些滄桑生命的篇章，是每一個中國孩子的縮影，桑品載自言每次回憶起那一張張被無情歷史映照的臉龐都「心悸得想哭」。於是他以己身經驗投注那群如同被亂刀砍殺的時代孤兒並代言不甘。〈父子會〉中，桑品載寫六〇年代一位在東引服役的士兵福建莆田人，當年西引「漁民之家」為收容大陸因天候不佳漂流來的漁民，嚴禁對外，有天來了位「父」姓漁民，是這位士兵的父親，士兵不知怎麼聽說到了，父子倆經桑品載協調後見了面，獨子跪在父親面前嚎啕大哭，第二天這位父親被祕密快速遣返，父子二人從此又如同天人兩隔。

虛懸兩岸的歷史船隊在快速轉動的時代，似乎抵擋不住一筆勾消的浪頭。有感於此的外省第二代第三代作家近年紛紛以此為藍本，描摹長輩那個時代，深怕再不寫就徹底消失了，如駱以軍《月球姓氏》。桑品載《岸與岸》則是第一代外省作家自傳時代與身世，全書重點放在所接觸老兵的悲涼身世與反共救國軍經驗兩個時段，對比當然更為直述與真實，畢竟那是親身經歷，而生命的真義也在此，無論好壞，自身的經驗是無法替代的。

下本書桑品載將寫十五位老兵的故事，他說：「我就是老兵，我不是聽故事的人。」他還說自己就是榮民，只是「比較年輕一點的榮民」。不可思議的老兵故事系列裡透露出一種典型，譬如有位大廈管理員湖南老兵養了一條狗，湖南人嗜辣，老兵長年訓練這條狗吃辣椒，兩岸開放後，老兵回老家，狗因為非辣不吃餓死了。養狗排遣寂寞的大廈管理員老兵、被訓練得只吃辣的狗（只懂得效忠的老兵），都令人覺得除了故事似乎還有些別的。也一定還有些別的。

桑品載在《岸與岸》扉頁題辭——「獻給這個時代和在這個時代裡受苦的人」。這是一本不獻給父母，也無法獻給妻子兒女的親人之書，獻給跟他一起受苦的人，他們才是同一命最親的親人吧！

（民90年2月26日《聯合報・讀書人》）

# 沈君山《浮生三記》，自傳習作

一九七三年，沈君山決定放棄美國終身教職回臺灣前，定下八字訣大法「歸真守璞，量才適性」。三十年過去，「懷舊憶往」，沈君山近日出版「自傳習作」《浮生三記》。

對熟悉沈君山家世的人而言，「歸真守璞」應來自庭訓。沈君山父親，前農復會主委沈宗瀚（一八九五－一九八〇）以一介農家子弟苦讀至美國康乃爾大學農學博士，十七歲便立志做一個「有用的好人」。一生寫了九本中文書、四本英文書、三百多篇文章，胡適曾為沈宗瀚自述《克難苦學記》寫序表示：「這一自傳是最有趣味、最能說老實話的。」說「老實話」的基礎恐怕便是「歸真守璞」。

沈君山《浮生三記》分人文、科普、棋橋三輯，附〈年表小傳〉，沈君山稱為「自傳習作」。人文篇大多圍繞懷念兒時瑣事、友伴；科普篇有以物理學者角色結合人文精神書寫的愛因斯坦故事、追悼科學家吳大猷；分量頗重的「棋橋」記事，則敘述了人生中一路走來的棋橋友朋吳清源、林海峰、徒兒施懿宸、大陸棋士聶衛平、魏重慶等情誼，念友朋交往，也記錄賽事，此輯篇章較多著墨，確實標舉出沈君山一生重心：「因為機緣個性和天賦，與一生其他部分交織在一起，竟成為我最知名的『成就』。」而這樣的人生重心毋寧是建構在「達觀」的參悟上。沈君山在給圍棋徒弟施懿宸的一封信〈莫教浮雲遮望眼〉中，給出了一句名言「莫因身在最高層，遂教浮雲遮望眼。」這句話出自宋朝大政治家王安石詩：「只緣身在最高層，不畏浮雲遮望眼。」相同達觀的橋牌故事最為沈君山樂道的是大學加入臺大橋社，沈宗瀚苦學出身，對不務正業的課外活動並不欣賞，沈君山一九五五年捧回全省冠軍，獎盃被沈宗瀚置於廁所，反把小女兒幼稚園的獎狀掛在書房，當時臺大校長錢思亮到沈家吃飯，如廁一見便為沈君山不平，沈宗瀚義正辭嚴：「臺大學生怎麼盡會玩牌弈棋？」錢思亮把獎盃淪落一事給胡適說了，胡適是沈宗瀚學長，胡適為沈君山「平反」，獎盃才升級進客廳。達觀「記趣」可說沈君山的信仰，不純是趣味，也是「生趣」盎然。

其實面對這樣一本充滿懷舊憶往、說老實話、三輯編輯方式的「自傳習作」，我們並不陌生。一九八〇年沈宗瀚去世，沈君山為父親編書《鍥而不捨——沈宗瀚先生的一生》，這本書即包括三個部分。第一部分為自述；第二部分為文選，多是傷逝及懷念文章。關於自述的信念，沈宗瀚即對沈君山說：「寫自述要信實，但又要不得罪人，不被誤會矜己，很不容易。」在日記裡寫：「我深信我的自述不自吹，……如果有不真確處，我尚可改正也，這也是去看出版的一個理由。」

這樣的氣質亦表現在《浮生三記》，談起棋橋成為一生最知名的成就，說被封為「四大公子」讓張學良一頓好訓：「四大公子是什麼？是罵人的話！」還總括三十年不改初衷為二岸事奔跑：「認知超先，經歷豐富，成果有限。」甚至一九九八年沈君山中風後與許倬雲對話還自嘲：「我復健最快的是嘴巴，因為大家來看我，我就拚命講話，運動多了自然恢復快。」更笑稱中風是到雲南麗江棋橋會「樂極生悲」引發的結果。事實是沈君山外祖、舅父、生母都因腦溢血去世，他曾經歷幼年失母之傷，沈宗瀚則失去妻子。如此哀痛加諸沈氏父子，沈宗瀚八十三歲時還眉批《荒漠甘泉》：「我八十三歲看出苦學是福氣。」人生之痛未被渲染，反以淳厚文雅字句貫穿兩代父子文章中。

中國有句古話——打虎終須親兄弟，上陣不離父子兵。父子一生同樣有資格入傳，也同樣以信實的態度寫傳，沈宗瀚十七歲立志做一個「有用的好人」後來成為「一個中國農業改良者」（英文自傳書名）；沈君山由「歸真守璞，量才適性」出發到「做我所能，愛我所做」，這樣的自傳信仰，此時看來，彷彿對父親一生給出了一個應答。

（民90年3月5日《聯合報・讀書人》）

# 《無愛紀》，一名舞者的旋律

她似乎總是在離開。

黃碧雲在去年七月離開香港時，剪短了漆黑及背的長髮。之前她花兩個月時間苦練與新書同名的演讀劇《媚行者》。演的是關於傷與受傷的故事，從頭到尾一人在舞臺沒有半句臺詞，一種定靜的形式。劇裡她要跳西班牙佛朗明哥(Flamenco)舞，她覺得自己總是跳不好，而且非常彆扭，她偏不信邪也無法結束就是。演畢，身心俱疲，又是一個人痛哭了一場，覺得不值得。

但這不甘激發出她性情中暴烈的一面，她決定到西班牙好好學跳道地的佛朗明哥舞。於是暫時離開香港。想不起這是第幾次離開。一九七四年她離開香港到臺北讀高中，八〇年代末離開定居的紐約，九〇年代末離開倫敦實習的律師事務所，二〇〇〇年再度離開香港。去這些地方前甚至留著的時候，她都以為可以就此安定下來，即使不是生命的理由，也因為生活的需要，但是她仍然離開了。一如她在新書《無愛紀》（大田版）的形容：「離開並非所有結局：珍珠離開貝殼、雪離開溫度、舞和舞者說再見。」

去年七月，黃碧雲在西班牙南部 Sevilla 租了一間小公寓，正式而專注的展開每天佛朗明哥跳舞課程，早上練舞，夜間時常獨自去 pub 看別人跳佛朗明哥。下午她大半時間在寫作，「生活十分簡單也很枯燥，練舞就是將同一動作練上千百次，而生活不過就是上超級市場、修理廁所、迷路。」跳舞跳到最後，她說：「如果我知道了什麼，我只知流汗的感覺和腳痛。」寫作到最後，寫出一本《無愛紀》。無愛紀，紀無愛一切，心靈、情感，世紀末香港最痛的一章。

在這最痛的一章裡，充滿了大量刺激的字眼——厭倦、變態、墜落、鼎沸、裸身、血印、終結……對照她寫過的書名——《七宗罪》、《突然我記起你的臉》、《烈女圖》、《媚行者》及小說中有著意象、顏色、光影、溫度的名字——絳綠、雪、楚楚、影影、游憂、細月、細青、流火……。錯綜複雜著不同的女子人世浮沉心事，在希望與幻滅間，如《無愛紀》中女主角絳綠所說：「在這難以安身的年代，豈敢奢言愛。」一代一代的香港女性樣貌在黃碧雲筆下流出，帶著一貫獨立性又有著普遍性。

《無愛紀》花掉「什麼也不做」整整半年時間，然後她結束了西班牙跳舞課程打道回府：「沒錢了。」今年初回到香港便進入一間只有四個人的律師事務所上班。（預訂二○○三年四月實習期滿。）這間律師事務所專門打人權官司，她說：「在香港很少有打這種官司的律師事務所。」

人權律師、女性小說家、佛朗明哥舞……在最枯燥的時代，在最刺痛的溫柔、無從說起的心靈矛盾深處，我們彷彿看見在香港有一場靜靜的書寫風景正在形成。黃碧雲書寫百年香港女性集體命運同時，更難得修補了香港女性位置這段歷史的空白，她且同時在說：「我知道你讀著我，我便如芭蕾舞孃旋轉並落定。」西班牙她不是白去的，下一部小說，她將寫Flamenco舞。感覺上同樣暴與靜。

（民90年4月23日《聯合報‧讀書人》）

# 標記大地，定格鄉土

二十世紀六〇年代，胡適在美國哥倫比亞大學口述歷史，他的開場白是：「我是徽州人。」這是一位享譽中外倡導新文學的國際學者，作為海外遊子，在美國最現代的都市紐約向他出生的鄉土中國致意。徽州之子的身世，貫穿的不僅是文學的中國，也反映了多少如胡適者都有屬於他們的不滅鄉土。現在透過「鄉土中國」書系《楠溪江中游古村落》、《徽州》、《泰順》、《武陵土家》文/攝影集，身為後代的人們看到了胡適那個年代的徽州，也看到深深影響胡適人格與生活態度的元素，那其實是一種千年傳襲的生活秩序，以及實體的山水及建築。

四本「鄉土中國」標記的地理文化都在南方，重點空間則是抓住典型的村莊景致。文明、現代、都市化一直是近代中國人追求的遠景，相對的，那個傳統、樸素的鄉土中國便一塊塊的剝落褪色。但是，當講求現代化的胡適也禁不住要回頭尋找並且回到他的故里夢中之時，後世的人們得到一個啟示——從那裡出來的人才擁有解開的密碼。

這套書事實上便企圖用現代人的心智試圖解開這個獨特的密碼，並且留下鄉土文本。透過影像，我們看到一處一處自然呈現出來的細節。

譬如《泰順》這本書中，有一張全長一三三米，排列在溪水中的矴布照片，說明了山水與人相親相守的默契。所謂「石在水中，排列如齒」就是矴布，為最簡易的橋。這條矴布，共二二三齒，齒形平整，每齒分兩級，高階可供肩挑者或漲水季節行走，低階可容兩人錯身而過。至於矴布石材，高階採白色花崗岩，低階用青石，不同的石質及顏色搭配，造成矴布樸素優雅的風格。那是一種智慧的展現。相傳最早的矴布興建於唐代，一個公共生活空間在這些鄉土村莊中被營造出來，與自然和諧相處。藉由這張照片，攝影理念清楚呈現。

又譬如在《武陵土家》中，一位老人站在他冬暖夏涼的舊屋前評論他兒子的現代洋房：「那房子冷啊！四面是磚牆，地上鋪著水泥板。」要過城裡人一樣生活的兒子，急著擺脫鄉土傳統，也反向循著傳說中武陵桃花源溪水離開。這段文字多麼傳神。

這套書系隱然標記出一個小社會依賴的村莊，它的實質價值及精神資源究竟值不值得留下來的課題。而人們分明看到書頁內村莊的路橋交通系統、灌溉飲水系統、寨牆安全系統、書院學校教育系統及祠廟、廣場、交易場所等等釋放出人文之美，這是書系攝影者李玉祥擺脫個人化色彩，將自己情感融入當地生活才有的成績，他表示想傳達的是「那個時代各方面的信息」。也就是回到要拍攝村莊的往日而非現在。他強調有關區域文化圖文書有待開發，好的專題及主體非常不易碰到。而這回以民間古老的生活特色與數千年的農業文明搭建出來的歷史場景，深刻描繪了中國人生活的多樣性，那是有著呼吸、個性，以及獨立的活歷史。然而靈光浮現，鄉土熱對照都市追求，這套書系或多或少析透出了中國在轉型階段出現的矛盾。

（民90年8月27日《聯合報・讀書人》）

# 成一《白銀谷》，西幫票號世紀興衰

一八八二年，清朝名士龔自珍在〈西域置行省議〉謂：山西號稱海內最富。大陸著名散文家余秋雨〈抱愧山西〉亦寫道：「在山西最火紅的年代，財富的中心並不在省會太原，而是在平遙、祁縣和太谷。」將山西推上「海內最富」位置的正是西幫獨創、專營異地匯兌和存放款業務的「票號」，票號不僅象徵銀行界「鄉下祖父」名頭，也是中國金融發展史上里程碑。近代顯赫宋氏家族中宋靄齡夫婿、國民政府時期財政部長孔祥熙正是太谷人。美國人羅比・尤恩森所寫傳記便記錄有宋靄齡在太谷發現前所未見最奢侈的生活，及「一些重要的銀行家住在太谷，所以被稱之為『中國的華爾街』。」票號經營最盛的年代，光平遙就有二十二家，其中「日升昌」，即中國第一家票號。

然而這齣西幫故事，是未被廣為流傳的商界傳奇。一直到最近，山西太原作家成一，採取「將票號作為一個帶傳奇色彩的金融制度、商業制度來寫」的視角寫成八十七萬字《白銀谷》，交北京作家出版社推出。

成一現為山西作協副主席，經營這部長篇巨冊經十五年蒐集資料及摸索迷障過程。緣由祖、父兩代都在太谷經商，促發成一自一九八六年放棄農村題材轉向晉商題材，光「祁太平」三地來回就跑了三年，邊跑邊開始著手尋找一切與西幫商人、票號相關的史料。在他蒐集到一九三七年出版的陳其田《山西票庄考略》提及「山西票庄材料的貧乏，達到極點。」點出資料貧乏之事實，不僅《山西省誌》無一字提及，連太原、祁縣、平遙、太谷的地方誌都沒有一字提到票庄。但此不僅印證西幫票號「藏富」、「藏勢」的商業行規，愈發添加山西票號由盛而衰神祕色彩。所謂票號即等於現今的銀行，票庄在各重要口岸設立庄口，憑銀票取款，這對當時交通不便、行路易遭搶劫無疑更安全。票庄總號仍設山西祖地，由大掌櫃負責各分庄業務人事調度，分庄負責人稱為老幫，一任三年，任內不准攜家帶眷，不准休假，以免分心，那是一個嚴密的經濟金融組織。

面對這樣一部小說，成一說：「將湮沒的祕史，發掘出來，這對小說作者太具誘惑力了！」

《白銀谷》主軸故事為太谷天成元票庄風雲；主要人物有天成元票庄財東康笏南家族、大掌櫃孫北溟、老幫邱泰基及妻姚氏；重要事件由康笏南的五度婚姻聚散、豪門恩怨、商業競爭、分庄異動、朝廷與票號間微妙關係、官場權謀漫漶開來，與勢不可擋的現實逼進形成一張極大網絡。

而作為一部歷史小說，成一認為歷史小說要好看，主要靠歷史的魅力，沒有足夠的史實依據，很難發展出引人入勝的傳奇故事，高陽《紅頂商人》、《胡雪巖》、二月河《康熙大帝》基本上都具備這個元素。成一更強調，在小說淡季的今天，持續完成八十七萬字長篇作品，是「努力寫一部好看的小說」念頭在支撐。成一的好友，同為山西太原的小說家李銳對《白銀谷》的反應十分直接：「非常好看。」

辛亥革命逼迫大清滅亡，民國肇建引進現代化銀行促發了本土票號衰敗，作為《白銀谷》主線康家想當然結果必由富極而流離渙散。一九一五年三月，《大公報》刊登了一篇發自山西太原的文章，宣布了山西票庄的沒落：「前月北京所宣傳倒閉之日升昌，其本店聳立其間，門前尚懸日升昌招牌，聞其主人已宣告破產，由法院捕其來京矣。」

成一曾對李銳談起自己筆名源起為「一個人一生只要做成一件事就夠了。」想法。

反思這部書成一自一九九八年十一月開筆寫到二〇〇一年二月完稿，每天二、三千字進度，二年多時間，全書最後一章寫畢，成一雖如釋重負，亦悵然若失，然而藉由這部小說素材的豐富，的確完「成二」件大格局創作。

（民90年11月12日《聯合報・讀書人》）

# 苦難的家族，不同調母親

走過民國六〇年代的讀者，應該還記得馮馮的《微曦》（寒夜、鬱雲、狂飆、微曦）四部曲（皇冠版）吧？那位出生於大陸、軍閥家庭的小說家，戰亂的年代，他母親沒帶他從珠江大橋跳下去，渡臺後沒有被絕望生活及天災八一七水禍擊垮，最後他苦讀成為英文翻譯官。現實中馮馮終身與母親相依為命，壯年後母子移民加拿大寧靜度日，《微曦》的結局也是這樣的。他選擇借由《微曦》將一生的風雨艱困舒放出來，自傳體手法，重點完全放在母子與命運搏鬥故事上，點明沒有母親就不成為一個家的事實。在樸素年代，這種貼近真實小人物遭遇著墨，成為最大的吸引力，適正反映了所謂的「賺人眼淚」讀者緣。與其說大家愛在別人的苦難裡慶幸自己不是「他」，不如說，讀者摹擬這樣的情境，找到昇華的同情心及看待這個時代的文本。雖然這個文本是以正面教材勵志形式包裝。

每一個時代都有它自己的故事，在那個時代裡的人物也有他自己美滿或殘缺的故事，如何把高高在上的時代拉下來接近人間，靠的應該是平凡殘缺的故事。

然而《微曦》之後，苦難的家族史母性文本好久不見。一直到千禧年及新世紀登場，似乎呼應苦日子又來了，這種類型書寫才重新回到書市。譬如新世紀風陸沙舟的《大稻埕一三五巷》（圓神版），完整的地址是臺北市歸綏街一三五巷，基本上這條巷子是風化區之巷，陸沙舟家裡做的正是這種特種營業，但是他在書中有任何不安與隱藏嗎？（否則他就不會寫這本家族史了）沒有，他對他的環境如是形容──「歸綏街一三五巷，我的花園，我是這裡的王子、街頭小霸王，我家眾小姐是我的白雪公主。」陸沙舟的父母都是盲人，來自河南的父親卻在最「本土」的地方住下，陸沙舟國中時，父母的按摩生意維持不下去，於是請小姐開起了綠燈戶，挑小姐的工作就靠陸沙舟這位「國中生明眼人」，可以想見，「買賣的性」在陸沙舟的生活裡成為最家常，他有高中可念，還是一位小姐「恩客」的「照顧」，可以說他的基本「母教」來自那些姊妹淘，他的女性觀啟蒙也來自她們。陸沙舟意外獲得到一臺相機，促發他的攝影潛能最後入行，他拍人物，多以明星為主，最早的對象是那些「姊妹淘」，他後來甚至為前新聞局長胡志強、前行政院長郝柏村拍照。「從胭脂巷到攝影棚的人生」在陸沙舟筆下，哪來什麼勵志味，由小到大，一章一節端出來全部有聲有色，卻不知怎麼竟如此不真實，書中陸父陸母合影照登，都「怪怪的」，他們有血有肉，卻似「道具」。我們不禁要問，難道我們這個時代對艱困生活的定義或態度已經完全不一樣了嗎？恐怕也是。

否則我們就不會有陳文玲以大學教授身分寫《多桑與紅玫瑰》（大塊文化版），顛覆一個「美麗壞母親」的故事，內容不僅逸出傳統頗遠，更活生生塑造出一個不同於世俗定位的母親形貌，更奇妙的是，這位不時失蹤、他嫁、撒潑吹牛的母親，卻是許多女性內心最渴望的原型，當一位母親，這位叫劉惠芬的女人也許不夠合適，但是當一位就叫劉惠芬的人，她可是真精彩，彷彿活了別人三輩子，比較令人不安的是，劉惠芬不是個人，她有「許多」丈夫、孩子，她的一生畢竟跟他們交集著，她不僅僅是她，也許這是她作為一部家族史母親角色最令人歎息的部分，然而也因為她的「不安分」，陳文玲才有了一整本以「尋找母親」為動力寫成的家族記錄片《多桑與紅玫瑰》，我們也才能見識到不同於《微曦》中艱忍守護的母親、《大稻埕》中視殘認命的母親，誰才更人性？幾個世代過去了，以往選拔模範母親的時代，好像真一去不返了。

反而世世代代平凡活力的母親才有可能成為書寫家族史的主流角色，譬如鍾文音的《昨日重現》（大田版），鍾文音以物件和影像組成她的家族史，然而其中最強悍的角色，是她母親。母親不識字卻是鍾家的天可汗——「當家的天可汗，一家之主，絕對的權威，分配空間與食物的主人。」天可汗「嘴巴所吐出來的話總像焚風，焚燒一切存在」。活得有勁道的母親一生逆向操演，有把年紀時被大學生女兒送去上小學，你以為她奄掉了，不！她逃學，反過頭來訓女兒：「討我歡喜妳都不會，真是白白供養妳了。」庶民性格，鏗鏘有力演繹著母女結緣史，是鍾文音百年家族小說史的先聲，誰說不可能？那麼慓悍有味的個性。

彷彿預言「地母」不死，一代一代的家族史中，母親們換個面貌重新出場，搬演同而不同的故事。

（民90年11月26日《聯合報・讀書人》）

# 書寫生活的原型

## ——林海音的「家的文學」

光譜

一直到一九九五年歲末，林海音結束（她說：「我們不是倒閉，是結束。」）自一九六八年一手創辦的純文學出版社，正式為畢生文學志業三個角色——作家、編者、出版人，做了一個總結。小說家鄭清文將之比擬治評論、戲劇、小說於一身的日本文學家三島由紀夫。然而在現實人生中，林海音「生活者」的磁力，更將她的人性搬演發揮得淋漓盡致。連接一九八三年，林海音將最膾炙人口的《城南舊事》新版題獻給母親，銘記母親的一生實則是回向了自我：謹以此書獻給先母林黃愛珍女士——一位中國的女兒，中國的妻子，中國的母親。在熱切擁抱人生每一面向上，林海音說：「我們的生活情趣重於物質追求，健康多過病弱，快樂多過憂愁，辛勤多過懶散。」無異標記出她的生活信念；這個信念投射在文學上，林海音特別喜歡寫《湯姆歷險記》的美國密西西比河畔作家馬克吐溫，馬克吐溫被稱之為「偉大的人性觀察者」，幽默富於人生哲學的語言及平易近人的文字，活脫是「中國的女兒林海音」另一個特寫。

## 信仰生活——建立「家的文學」光譜

了解了林海音的「生活信念」這條主軸，我們才好來說林先生的作品信念。

回到前面所說林海音所言「中國的女兒、妻子、母親」光譜來看，林海音第一本長篇小說《曉雲》（一九五九年初版）即以女主角夏曉雲為篇名，曉雲和家教男主人梁思敬間的情愛糾葛，林海音多集中親情及內心描摹，而非發展刺激的三角戀情，最後曉雲醒悟於母女情義，將可能引發家庭風暴的情愛追求按下，這是林海音的倫理觀念了；再如〈金鯉魚的百襇裙〉中姨太太金鯉魚，時變境遷，現代化撲面而來，千禧年降臨，范銘如、江寶釵編《島嶼妏聲》收入此篇，兩位女性學者如此看待這個不同時的故事：「透過百襇裙這一象徵符號的改變，反映老中青三代女性處境的變遷。」排比另一篇〈燭芯〉收在邱貴芬所編《日據以來臺灣女作家小說選讀》，范銘如翻轉視角解讀為：「以漫談家常的方式，托出貼近生活、卻也更讓人心驚的真相。」這個基調其實與另一篇早期收在文學評論家齊邦媛所編《中國現代文學選集》的〈燭〉對癱在床上的大太太詮釋相近。幾位學者的眼光不意交集勾勒出時代悲劇女性群相。渡海來臺，開筆寫作，林海音確實寫出交替時代的模糊價值與流離，然而整體閱讀，看似閨怨，卻如齊邦媛所言：「有懷鄉的惆悵，卻都能哀而不傷。」即使寫〈驢打滾兒〉喪兒失女遇人不淑親如家人的宋媽，林海音寫來亦不帶批判，反將林語堂所說「北京是一個國王的夢境」的世民生活，不斷複製移植到南方臺灣，終至建立起一個林良所說的「家的文學」光譜。至於女性為主要書寫角色這點，從一九四八年到一九六八年底二十年間，林海音一共發表了四百三十七篇作品，作為一位小說家，在她最重要的作品中，林海音的主題毋寧大多集中在關切家庭生活女性命運上，文學研究者彭小妍梳理林海音「自己的天空」特質，提出一個觀點：林海音的作品創造出一個女性書寫的空間。

## 好奇旁觀——訓練出敏銳的語言

但是我們必須認真思考語言在林海音小說中的力量，才能掂出它的分量。換句話說，如果沒有來自「第二故鄉」京味兒的薰陶、涵養，林海音是不可能結合語言及故事，將那些「在中國新舊時代交替中，五四新文化運動時的中國婦女生活」帶到現代。而這種表現「語言」的掌控能力，毫無疑問來自她所處多元語言的環境。客居異鄉的林家，說客語和日本話的父親、閩南話的母親及北京話的鄰居，林海音作為一名懵懂好奇的「旁觀者」，對語言正處好奇敏於模仿之齡，經過消化的語言表現在文字上，終至形成林海音式脆亮俏皮犀利靈活的文學京腔。也因為在地色彩，最適合反映居民生活，學者馬森拿同樣寫北京生活的老舍《駱駝祥子》和《城南舊事》比較，他認為老舍的成人視野和林海音以一個小女孩英子的角度來看北京，高度、情感都不一樣。而這不一樣處境，映照出老舍的成人世界是一個競爭的社會，林海音回到的則是一個人性原型天地：「以愚騃童心的眼光記憶深刻的人物和故事」；老舍的窮人階層苦於生計，而英子的世界童稚善意溫暖。生活模式猶似現今形容的中產階級，在「中產階級的意義不必然是負面的」（邱貴芬語）的前提下，范銘如提出另一個觀照：通過「懷鄉」主題的顛覆，展現女性創作的前衛性。

## 北京傳奇——為臺灣人所寫的故事

在父母兒女安全的世界裡，英子（當然就是林海音）內在「中產階級」氣質已然完成。一直到父親去世，英子開始面對家庭擔子，「城南舊事」落幕，英子十三歲，那也是世俗定義童年的終程，童話故事的句點，撞擊出家的新境，為林海音日後以熟悉的語言重整家庭生活記憶找到最好的支撐。只是那時候，林海音還沒回到父母的故鄉——臺灣，（我們並不明白為什麼孤兒寡母沒回故里？）生活尚未產生巨大變化。從另一個角度看，她必須要等到失去北京生活以後，才好來寫北京記憶。那時以京派語言寫往事，中間偶見客家話或臺語，反倒形成有名目的異國情調及鄉愁反差。套句張愛玲對上海人說，她為上海人寫了一本香港傳奇。林海音的北京傳奇是為臺灣人所寫。一直到她在本土臺北城南待得夠久，盡寫北京後，記憶沉澱，她開始寫臺灣的現實當下〈標會〉、〈要喝冰水嗎？〉、〈烏仔卦〉……，純粹家庭式、一名正道母親的書寫。只是林海音的京腔，恐怕永遠也甩不掉了。

## 捉住光陰——貼近最簡樸的寫實

相對勇於在文字語言嘗試新聲音的作家，林海音毋寧是安於「家庭文學」形式的，她的主述必須有一個純中國味兒的形式，這個理念她在英國女作家維吉尼亞・吳爾芙給三〇年代作家凌叔華信中找到答案：「自由地去寫，我建議你在形式和意蘊上寫得貼近中國。生活、房子、家具，凡你喜歡的，寫得愈細愈好。」事實上，這不僅是她寫作上的把握，也宜乎視之為她的人生觀。更深刻的說，是如齊邦媛所說：「在渡海的途中已把閨怨淹沒在海濤中了。生離死別的割捨之痛不是文學字句，而是這一代的親身經驗。」林海音一以貫之，實踐她在〈平凡之家〉所言：「捉住光陰的實際，快樂而努力地過下去，不做無病呻吟，一個平凡女人的平凡生活，如此而已。」

平凡女人的平凡生活，果真如此而已？「人生最簡樸的寫實」（齊邦媛語）風格，畢竟滲透她的寫作世界，影響著以林海音特色為輻射的「寫作家族」成員。她的終生伴侶專欄作家何凡二十六冊《何凡文集》多在彰顯人性、倡導健康社會風俗，以幽默的文筆諄諄教誨、循循善誘。和林海音同為小說同業的兒子夏烈，踵事其後，也有他的「城南舊事」，一九八九年為父母結婚五十周年慶，他搜尋記憶寫出〈城南少年遊〉，記錄臺北城南成長歲月，同時印證了「家的文學」的感染力。

事實上，這股感染力也表現在作品的「正面教材性」上，林海音、何凡的作品全部可以進入宅院闔家欣賞，這種正面性及不無病呻吟的態度，亦充分顯示在林海音女兒及女婿夏祖麗、莊因、張至璋身上，形成少見的「家的文學」一族。

誠如兒童文學家傅林統所說：「林海音對人性的負面總是點到為止。」在本土化、女性書寫、國族認同課題來勢洶洶的後現代文學潮聲中，思索林海音寫作的原型，面對世紀更新而家庭生活逐漸退位之際，我們不禁驀然警覺，那其實是普遍存在的「人類命運共同的東西」的失落，是的，林海音所獨具對生活的信仰。

（民90年12月10日《聯合報・讀書人》）

# 家族光影，返照百年

一九九九年五月，立緒出版《百年家族——張愛玲》，拍板定位張愛玲為「百年家族」第一族。截至去年底，這套以近代時程為時間軸、以家族史為經緯線的書系，共留下當代重要人物包括張愛玲、曾國藩、盛宣懷、顧維鈞、梅蘭芳、袁世凱、張學良、梁啟超、李叔同及《梁啟超和他的兒女們》十個家族事蹟。

## 中心人物　家族樞紐

「百年家族」既定計畫出版十四本，今年二月將同時推出康有為及徐志摩，在四月推出林徽因、錢穆後告一段落。書系鎖定的十三個家族活動，展開來看可謂中國近代史濃縮文本；就地理分布，也幾乎涵蓋半壁江山。已出版的九個家族，張愛玲祖籍安徽豐潤，出生及成名都在上海；曾國藩湖南湘鄉人；盛宣懷江蘇常州人，發跡於上海；顧維鈞江蘇嘉定人；梅蘭芳北京人；袁世凱河南項城人；張學良東北瀋陽人；梁啟超祖籍廣東新會，一生奔走於京、津、滬等地，後定居於北京；李叔同生於天津，出家於江蘇；由此分布圖看來，似偏重長江流域以東，整個大西北、西南都缺席了。

但也因此梳理出這張系譜中家族興盛共相，即絕大部分為政商家族，文化背景勝出的有李叔同、張愛玲及梅蘭芳，但張愛玲因係李鴻章外曾孫女及清代名將張佩綸孫女，多少帶了「政治貴族」成分；而李叔同父親是鹽商，他私淑康梁，曾自刻「南海康梁是吾師」以明心。尚未成書的四個家族，徐志摩父親是商人、林徽因作為梁啟超媳婦及北洋政府司法總長林長民的女兒，不免沾了政治的邊；而康有為因與梁啟超維新變法之舉、錢穆家族出了位「原子彈之父」錢學森，因此雖分明時代風雲人物，但也清楚見出個人政經背景。綜觀這樣的擇選策略，可看出以角色為中心人物，但又不是單一的個人傳記形式，總體而言是把人作為一個家族的樞紐鋪寫。

## 由史觀史　思考臺灣

立緒推出此書系，總編輯鍾惠民表示完全水到渠成因緣際會，立緒早對中國近代家族史深感興趣，後在北京大江流出版公司組成一個團隊著手展開寫作計畫，鍾惠民經過接觸認為這個團隊人才、人力及先天條件都非常出色，作者群便包括貴州社科院馮祖貽副院長、南開大學歷史系教授李喜所、中國社科院近代史研究員侯宜傑等，立緒因而提議授權繁體字本在臺出書，立緒也順利建立了「百年家族」書系精神。因著這個書系陸續推出，立緒進一步規劃了臺灣當代家族史入列，以免臺灣家族史缺席。在依循不以人為主，以家族史為重的書系精神來規劃人選過程中，多少避開了新時代「平民化」無所不在的尷尬。在資訊發達，網路時代人人得而有「表演」自己一生的平臺前提下，建立「個人史」藉由各種通路傳播出去的例子不在少數，不說經典因此變得十分遙遠，家族史所仰賴的整體表現因而非常「難以掌握」，且往往已不重要。但是家族所占的位置，一如曾國藩言：「上徵國史，下察民情，皆莫不以家族團體為國家之根本。」家族在國史與個人史中間，成為觀察社會脈象及扮演銜接者最好的窗口。

立緒規劃臺灣家族史名單，目前尚在最後審定，可以確定的是連橫及林獻堂家族，連橫是臺灣大儒，其《臺灣通史》為臺灣立史，定位不容撼動；霧峰林獻堂更在政商舉足輕重，一方面從事民族運動，實業界亦闖出「彰銀之父」稱譽。此外林獻堂更與梁啟超有非常深刻的關係，一九一一年梁啟超訪臺，便落腳霧峰林家，而林獻堂深受梁啟超思想啟迪，由其年譜記載：「任公遊臺，前後只有十餘日，但其影響所及，實深且鉅」可見。

## 經脈互連　譜系交錯

觀察這樣經脈的互相連結也在臺灣其他家族顯示，譬如上海第一豪門盛宣懷的五小姐盛關頤便嫁給了板橋富豪林本源的後代林熊徵。不僅於此，這樣的網絡其實正是最好思考中國重要家族譜系錯綜複雜的最好管道。最常見的例子，便是家族人丁繁茂成為絕好的姻親搭線「種子」。以盛宣懷來說，他原本只是李鴻章的祕書，抓住時代潮流，開拓了中國近代工業，創辦了中國第一家銀行、第一家電報公司……，財富的集中，使他前後有七房妻子，生了八兒八女，得而豪門聯姻，互相攀附，進而形成一張巨大的傳奇網。

根據《百年家族——盛宣懷》史料羅列，盛氏家族中，有娶民國初期國務總理孫寶琦大女兒孫用慧、清末外務尚書呂海寰女公子、蘇州豪紳孫家之女；有嫁上海道臺邵友濂公子、江南首富周扶九外孫。由此延伸，孫寶琦與袁世凱是兒女親家，孫寶琦的五小姐嫁給袁世凱七公子袁克齊；孫家七小姐則嫁給張佩綸兒子張廷重，成了張愛玲的後母。

一九四二年李叔同書「悲欣交集」是為最後的絕筆，真正寫盡人生在世。相對美詩人朗費羅（H. W. Longfellow）詩句：「經過悠遠難測的時光，一位偉人身後留下的光芒，依舊映照人們前進的路途。」所謂悲欣交集及悠遠映照，的確帶出百年家族精神——「一滴水能看到大海，一個家族的百年史，就是濃縮的大歷史。」

（民91年1月14日《聯合報・讀書人》）

# 沉痛的年代，缺席的記憶

巴勒斯坦最雄健的代言人薩依德在自傳《鄉關何處》（立緒版）中，懷著深切的錯置感與失落感說出心中之痛：流亡是最悲慘的命運之一。站在歷史的制高點上，我們該如何看待自己的一生或時代呢？大歷史學者黃仁宇在回憶錄《黃河青山》，提出他個人對應時代的態度是：我是倖存者，不是烈士。這樣的背景讓我看清，局勢中何者可為，何者不可為，我不需要去對抗早已發生的事。

## 銘刻個人背後浮動的大時代

薩依德與黃仁宇銘刻個人一生，背後浮動著大時代，他們有著寬寬的眼界及深入的心靈，所以他們得以交出傳世之作。

然而歷史的價值在於黃仁宇的「大歷史觀點」嗎？倖存者面對早已發生的事時，有著什麼發言權？從這個觀點來看雙重失落在時代之軸的小人物傳記，比較薩依德在《鄉關何處》記錄一個已經失去或被遺忘的世界說法，我們相信再平凡的傳主一生對社會亦該有些微價值吧？對個人，更有無法替代的意義吧？更進一步看，凡夫俗子的回憶錄有時反而充滿溫度。換句話說，我們需要大歷史，也需要小細節。

但是，再凡俗的傳記仍需要書寫的基本元素，否則光滿腔記憶充其量只是個「說故事的人」。

這就造成了去年一年具有作家資格的沈君山《浮生三記》、蔡文甫《天生的凡夫俗子》（以上九歌版）、桑品載《岸與岸》（爾雅版）的出版，如果我們稍加留意，會發現三位傳主都屬非主流的「外省人」族群。其中最沉重的閱讀是一九五〇年桑品載十二歲隨軍隊隻身來臺無父無母的「奮戰」歷程，令人不禁生出「人生怎麼可以這樣」的恐怖感。他的軍人背景，更是非主流中的非主流。其實出版這本傳記前，爾雅主持人隱地自傳《漲潮日》便為他贏得二〇〇〇年〈讀書人〉年度書獎，無異觸發他接受桑品載的《岸與岸》，此書的受到廣大回響，則進而催生了爾雅「作家傳記」書系成軍。

## 平凡素樸貼近塵世高度

《岸與岸》出版後，引來許多讀者親自找上出版社買書，一邊訴說自己的故事，一邊徵詢爾雅是否願意出版他們的傳記。平凡素樸的傳記質地形成較貼近塵世的高度，是這個高度引發了眾多共鳴，但是隱地深知並非每個人都可以清楚條理地翔實記錄一生，這個基本條件，讓他聯想到不少作家的一生很值得寫出來。他表示除了因為書市不景氣，所以選擇逆向操作，另外也涉及他對建構歷史的觀點。和他同輩同代，不乏童年便隨家人由大陸渡海來臺，度過一段艱苦歲月者，多半也有相似的「莫名」遭遇，但是歷史有他的真相，這就是隱地渴望尋找的成分。於是他在《岸與岸》之後密集出版了周嘯虹《馬祖・高雄・我》、蕭蕭《父王・扁擔・來時路》及王書川《落拓江湖》三本側重中南部生活回憶及傳記。三本書中蕭蕭的《父王》為回憶童年之書，初版原名《穿內褲的旗手》，一九八三年增加篇章改名《來時路》，十八年後蕭蕭再增刪若干篇章，再改名出版，蕭蕭出身彰化農家，生於一九四七年，將《父王》一起放在外省人身世「南移」傳記書裡，饒具意味，有意無意中巧妙地填補了作家書寫那個年代本土經驗。跟其他四本相同的是樸實的文筆、生活的壓迫與感激的心。其中〈父王〉一文記老農父親，尤其為全書敘述精神。

## 莫名遭遇隱藏歷史的真相

隱地並不諱言以往出版業旺時，這些書要出版恐怕機會不太大，因為時間的沉澱及局勢不好，他認為大時代中小人物的身世更真實，更能銜結斷裂時代，以一九四九年國民政府「播遷臺灣」的口號為例，隱地體會到這個口號背後的偽裝，「如果很多人都寫出個人遭遇，有助於我們拼圖出那段歷史真相。」隱地覺得是該經由人物傳記見證「我們為什麼會在這裡」的時候了。

呼應隱地「見證時代」想法的，以詩人瘂弦最「積極」，他對王書川早年在北回歸線以南形成特殊的文化氣候印象深刻，尤其一九五〇年代光復初期，在由日據跨語言那段青黃不接階段，王書川一九五〇年隨部隊在高雄登陸即開始了他的創作生涯，並成立了「中國聯合通訊社」高雄分社，當時南部文風鼎盛，作家學者人數眾多，如侯家駒、司馬中原、朱西甯、朱沈冬、郭嗣芬、司馬桑敦、洛夫、張默、張放、張永祥、羊令野、尹雪曼、吳心柳、邱七七等。王書川高雄一待二十六年，並轉場當選三、四、五屆高雄市議員，主持文化推動。相同的背景也反映在周嘯虹的《馬祖・高雄・我》書中。《落拓江湖》王書川從四歲寫到八十三歲，從山東淄川寫到臺灣，分六十五章，主要集中飢餓中掙扎與戰火中死拚、在動盪貧困中奮起故事，而貫穿傳記主軸的，其實是「感恩」的心，這樣的特質事實上也成為五本作家傳記的共通性，可視為那個時代的小傳統。

薩依德說他的傳記是許許多多回歸，嘗試回到已經不在的人生片段。這何嘗不可作為大人物或凡夫俗子書寫生命的共同依據。

（民91年1月28日《聯合報・讀書人》）

# 到底是上海女作家

可不可以不要是上海？可不可以不要是上海女作家？上海的女作家還真多事，二、三〇年代蕭紅《生死場》一九三五年出版震動上海文壇，書中即挑戰女性處境；而丁玲《一九三〇年春上海》的女主角瑪麗則是這個城市中的自由女性原型。自此一代一代上海女作家形成渴望革上海的命的傳統。到了四〇年代，進步女作家蘇青自傳體小說《結婚十年》大膽俏皮：「婚姻雖然沒意思，但卻能予正經女人以相當方便。」重創「飲食男女，人之大欲存焉」聖人金句，這種辛辣也只有上海女作家寫得出來。張愛玲深知上海人，形容蘇青：「是個紅泥小火爐，有它自己獨立的火，看得見紅燄燄的光，聽得見嗶哩剝落的爆炸，可是比較難伺候，添煤添柴，烟氣嗆人。」海派女作家自張愛玲、蘇青以降一路走到現代，她們是文壇不斷培種出來的「新興種族」，關露、蘇青、張愛玲、潘柳黛……稱得上第一波實驗成果，新興種族和當紅明星李香蘭、胡蝶……茶聚，改編劇本等，她們是黃浦江邊的新明珠。稍早，女作家要領風騷，只合在北京，林徽音、凌叔華、冰心……，北京女作家閨秀多了。雖有京味，要說譜系，得看海派。

張愛玲且形容蘇青：「她不過是一個直截的女人，謀生之外也謀愛。」是的，蘇青是「亂世裡的盛世人」，有種「奇異的智慧」，正如張愛玲的名言「到底是上海人」，這就是上海第一代女作家，她們是新感覺派豔異摩登代言人。代言身分，暫止於一九四九年陳毅率紅軍進入上海。

事移事往，大陸改革開放於鄧小平南巡上海後定調。第二代女作家很快恢復風華活力，這一代要數王安憶最是重啟上海記憶，九〇年代以後王安憶開筆寫《紀實與虛構》、《長恨歌》、《富萍》、《妹頭》一逕說的是上海尋常小市民故事，《長恨歌》中上海小姐王琦瑤是她筆下最時髦的人物，但也傖俗，這或呼應了現代化了的上海。散文《尋找上海》直接開講她的上海觀，〈上海的女性〉中說：「上海的女性心裡都是有股子硬勁的，否則你就對付不了這城市的人和事。」從旁觀角度、相對男性角色來看上海女性，臺灣女作家龍應台〈啊，上海男人〉則如此描敘上海兩性新規範：「某人在外頭有了情人，妻子便讓他每天趴在地上拖地，……直到他一隻手脫了臼，沒關係，裝回去，再拖。」上海女性那股硬勁，真是教人大開眼界。同代女作家唐穎《無愛的上海》講美國回上海和丈夫辦離婚的小布爾喬亞女子汪文君拼圖無愛的上海流金記憶，充滿另一現代女性形象。正宗上海出生的女作家程乃珊《上海探戈》比較上海時髦今昔，從上海特色服裝、洋涇濱英語、建築……一本市民生活帳。但要說現代化滬上新感官派女作家就不能落掉「上海寶貝」衛慧、棉棉，那種前衛與引領風潮，連新觀念女王蘇青轉世投胎都要自歎弗如，但是她們沒有蘇青、張愛玲的世故譏誚，也少了王安憶那種硬勁作為，多的是新人種泡酒吧、嗑藥、雜交的非尋常市民糜爛風。但上海此時也有美麗正常的少女，秦文君《美麗的上海少女》筆下的賈梅，既是家常少女長大過程，也是處子之身和天地鬥法經歷。九〇年代末陳丹燕開始她的上海三書系列《上海的風花雪月》、《上海的金枝玉葉》、《上海的紅顏遺事》，為上海傳奇女性作傳：《上海的紅顏遺事》，寫四〇年代知名影星上官雲珠和女兒姚姚的悲劇一生，回應張愛玲那時代的女性文本；而她與上海糾纏，則從八歲當上海移民《上海 Salad》說起。

上海女作家如是主動、書寫、感覺屬於她們的上海，類此行動派，發生在其他城市女作家身上真不多，其自覺與性格也許得套一句上海名句：「阿拉上海人。」是的，「阿拉上海女作家。」

（民91年8月4日《聯合報・讀書人》）

# 三民叢刊好書推介

227 如果這是美國　　陸以正

面對每天新聞報導中沸沸揚揚的各種話題，您的感想是什麼？是事不關己的冷漠？還是無法判斷是非的茫然？不妨聽聽終身奉獻新聞與外交事務的陸以正大使，如何以其寬廣的國際觀點，告訴您「如果這是美國……」

228 請到我的世界來　　段瑞冬

從七〇年代窮山惡水的貴州生活百態，到瑞典中西文化交流的感觸，最後在學成歸國的喜悅中，驚覺中國物質與思想上的巨大轉變，作者達觀的態度及詼諧的筆調，好像久違的摯友熱情地對我們招手：「請到我的世界來！」

235 夏志清的人文世界　　殷志鵬

在自己的婚禮上，會說出「下次結婚再到這地來」的，大概只有夏志清吧！他以其堅實的學術專業，將現代中國小說推向西方文學的殿堂，他蓄滿對生命的熱情，打了兩次精采的筆仗……快跟著我們一起走入他的人文世界吧！

238 文學的聲音　孫康宜

聲音和文字是人們傳情達意的主要媒介，然而聲音已與時俱逝；動人的詩篇卻擲地有聲，如空谷迴響，經一再的傳唱，激盪於千古之下。本書作者堅持追尋文學的夢想，用心聆聽、捕捉文學的聲音，穿越時空的隔閡與古人旦暮相遇。

241 過門相呼　黃光男

敏感於事物變換的旅者，洋溢著詩情的才華，細心捕捉歷史上的古拙韻味，透析了社會發展的步履，讓人宛如置身於包羅萬有的博物館裡。如果你厭倦了匆忙的塵囂，請翻開此書，讓典雅的文句浮載你到遠方，懷擁「過門更相呼，有酒斟酌之」的情境。

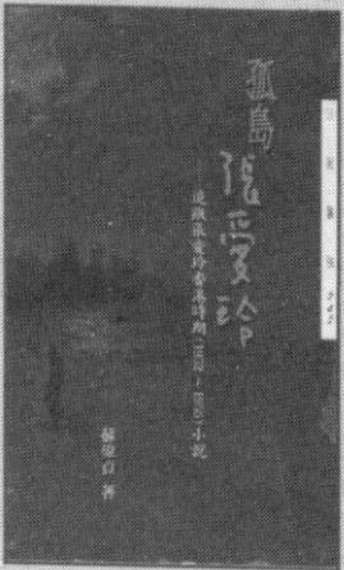


242 孤島張愛玲　蘇偉貞

張愛玲整個的生命就是從一座孤島到另一座孤島的漂流。她在香港這座孤島的創作，承續了大陸時期最鼎盛的創作力道，是轉型到美國時期的過渡階段。藉由作者的引導，帶您看看張愛玲這段時期小說的意涵及影響。

243 何其平凡　何凡

還記得那段玻璃墊上的日子嗎?在聯合報連續撰寫專欄逾三十年，何凡，以九十二歲的高齡，將這十年間陸續發表的文章集結成這本小書。謙虛的他取其筆名的含意，將這本小書命名為「何其平凡」，獻給品味不凡的——您。

## 251 靜寂與哀愁　　陳景容

畫家陳景容在本書中除了信手拈來的小品，更為您細數過去重要作品的點點滴滴，不論是濕壁畫、門諾醫院的嵌畫或是平日創作的版畫、油畫、彩瓷畫等，彷彿讓您親臨創作現場，一同見證藝術的誕生。

## 253 與書同在　　韓　秀

臺灣一年有多少本書面世呢？三——○○○○以上，沒錯！四個零。面對書山書海，您是否有不知該如何選書的困擾？與書生活在一起的作家韓秀，提供給愛書朋友們一份私房閱讀書單，帶領讀者超越時空的藩籬，進入書的世界裡。

## 254 用心生活　　簡　宛

生活之於你，是否已如喝一杯無味的水，只是吞嚥，激不起大腦任何感動；有人卻不如此。簡宛以一顆平實真摯的心，不斷地於生活中挖掘出新的滋味，記錄她對朋友的關懷，旅途上的見聞感想，對世事的領悟與真情的感動，與您分享。

## 255 食字癖者的札記　　袁瓊瓊

當您闔上這本書前，眼角餘光還會掃到這一小塊文字，恭喜！您罹患了一種精神官能症——「食字癖」。發作初期會對文學莫名其妙地熱中，到了末期，則有不讀書會死的焦慮。此病無藥可醫，只能以無止盡的閱讀緩解症狀。這本書提供末期的您，啃食。

國家圖書館出版品預行編目資料

私閱讀／蘇偉貞著.－－初版一刷.－－臺北市；三民，2003
面；　公分－－(三民叢刊. 258)
ISBN 957-14-3725-5　(平裝)

1. 文學－評論

812　　　　92001884

網路書店位址　http : // www. sanmin. com. tw



著作人　蘇偉貞
發行人　劉振強
著作財產權人　三民書局股份有限公司
臺北市復興北路386號
發行所　三民書局股份有限公司
地址／臺北市復興北路386號
電話／(02)25006600
郵撥／0009998-5
印刷所　三民書局股份有限公司
門市部　復北店／臺北市復興北路386號
重南店／臺北市重慶南路一段61號
初版一刷　2003年2月
編　號　S 811090
基本定價　貳元捌角
行政院新聞局登記證局版臺業字第〇二〇〇號



ISBN　957-14-3725-5　(平裝)

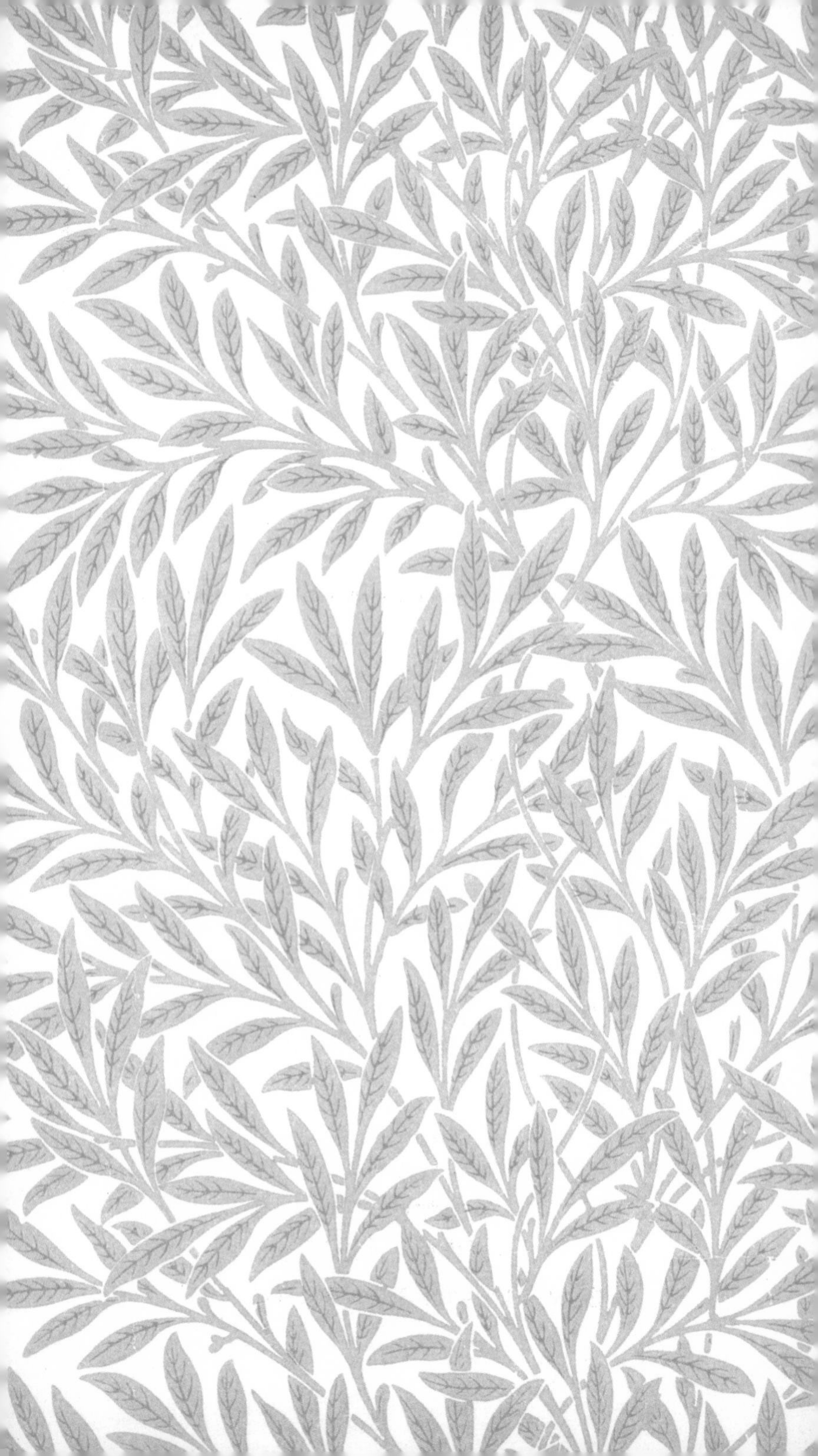